ハヤカワ文庫JA

〈JA1514〉

# 獣たちの海

上田早夕里



早川書房

8775

# 目次

迷舟《まよいぶね》　7
獣たちの海　31
老人と人魚　53
カレイドスコープ・キッス　87
後記　251
資料（一）　オーシャンクロニクル・シリーズ　作品リスト　259
資料（二）　用語集　260

# 獣たちの海

# 迷舟《まよいぶね》

船団の最後尾を見慣れぬ魚舟《うおぶね》が追ってくる。ムラサキは上甲板の船縁《ふなべり》まで近づき、額の前に手をかざして遠方に目を凝らした。

寄ってくる魚舟はかなり大きい。既に誰かと血の契約を済ませた個体に見える。なんらかの事情で、所属していた船団からはぐれて迷子となり、ここへ辿り着いたのだろう。

このような魚舟を、ムラサキたちは迷舟《まよいぶね》と呼んでいた。

嵐に巻き込まれて船団からはぐれたり、寄生虫にやられて方向感覚を失ったり、自分だけ見当違いの方向へ泳いでしまって、そのうち太い潮に流されて迷うのだ。魚舟自身は懸命にもとの船団を探すが、船団のほうも移動するからなかなか遭遇できない。その過程で、こうやって別の船団に近づき、少し休んでいくのだ。

海で暮らしているとたまに出会うが、発見者となるのは、彼にとっては初めての体験だった。

船団は速度を落としつつある。人間も魚舟も共に休む時刻だ。

白い航跡が波に打ち消されていく。魚舟たちが完全に鰭《ひれ》の動きを止めて漂い始めると、ムラサキは上甲板から海へ飛び込んだ。

迷舟を目指してまっすぐに泳いだ。

見ず知らずの魚舟が、無邪気な子供たちから苛《いじ》められると可哀想だ。誰かが先回りして追い払うか、怪我をしているなら治療して休ませねばならない。

ムラサキがそばへ寄っても迷舟は逃げなかった。サンショウウオのように扁平な頭部を持つこの巨大魚は、いまはもう鰭を回すのを止め、海中を漂っていた。

迷舟の体皮は、柘榴石《ガーネット》のように濃い赤色だった。ところどころに放射状に白い筋がはしっている。まるで、海に投げ込まれた一粒の宝石だ。思わず溜め息が洩《も》れた。血のつながりがなくても美しいものは美しく見える。罪深いことだ。

迷舟は全身に細かい傷が生じていた。すべて古傷だ。側面と腹側の大きな傷は、血こそ流れていないものの組織が崩れていた。放置しておくとウイルスや細菌に負けてしまうだろう。小魚につつかれれば、さらに傷が大きくなる。

ムラサキはいったん迷舟から離れ、自分が居候している弟の舟へ戻った。居住殻《きよじゆうこく》から魚舟用の治療シートを持ち出し、再び海へ飛び込む。

迷舟はすっかり疲れきった様子で、おとなしかった。半分眠っているのかもしれない。

ムラサキは治療シートのパックを開き、迷舟の腹側へ潜った。シートの表面はコーティングされており、海水に触れても薬剤は流れ出さない。さきほど確認した傷口にこれを貼り付けた。

迷舟の体液や体細胞と反応して、シートのコーティング材が相転移し、薬剤を放出しながら傷口を埋めていく。貼った直後はその部分だけ真っ白に見えるが、溶融して体の組織と同化すると無色に変わる。取り替える必要がないので便利な医薬品だ。細かい傷には脂薬を塗り込んでおいた。成分は治療シートと同じで、基剤に細胞修復剤が含まれているので傷口を素早く埋めてくれる。

手当を続けるうちに、この舟を飼い慣らしてみたくなった。綺麗でおとなしい舟だ。元気になったら懐いてくれるかもしれない。ムラサキは〈朋《ほう》〉を得られぬまま大人になった男だ。海上社会では常にそのような者が一定数いる。親族の舟に身を寄せて毎日を送るのだ。身の軽い独身者は重宝される。目立った活躍をすれば、長《オサ》から特別な称号や地位を与えられることもある。

それでも、心のどこかに穴があいている感覚は否めない。弟が自分の魚舟の手入れに没頭するところを見かけると、ムラサキの胸の奥には、いつも一抹の寂しさと虚しさが走り抜けた。

迷舟との出会いは、その穴を埋めてもらえるチャンスだった。

血のつながりを持たぬ魚舟を飼い慣らすのは難しく、めったに成功しない。だが、性格が穏やかな魚舟の中には、血の契約を交わしていない人間にも友愛を示す個体がいる。たとえば、操舵者がふいに亡くなったりすると、魚舟は寂しさのあまり操舵者の家族に懐くことがある。このような場合、うまく運べば家族が舟を引き継げる。契約なしの仮初めのつながりだ。しかし、今回のように若い舟が若い男であるムラサキを信用するかどうかは、まったく予想がつかない。

手当を終えたあと、ムラサキは腰に吊した網袋の中から小魚を取り出し、迷舟の口許《くちもと》へ持っていった。揺らしてみたが反応はない。疲れきって食欲がわかないのだろうか。無理に食べさせなくともよいので、ムラサキはその場から離れた。

弟の舟には戻らず、そこから最も近い場所に浮いている舟まで泳いだ。

舟の外皮に吊された縄梯子《なわばしご》を登り、上甲板まであがってそこの住人に、「あの迷舟に誰も手を出さないように伝えてくれ」と伝えた。

それから、魚舟と魚舟とのあいだに渡された板の上を次々と駆け抜けながら、船団のオサ・トウカムリの舟を目指した。

途中で仲間たちから「何があった？」と訊《たず》ねられるたびに、「迷舟が来た。誰にも触らせるな」と答えて先を急いだ。トウカムリの舟まで辿り着くには、ムラサキの足の速さでも十分ほどかかった。トウカムリは上甲板に日よけを立て、その下で白湯《さゆ》を飲みながら、孫娘のサクラと楽しそうに話していた。

ムラサキが渡り板から上甲板へ勢いよく飛び移ったので、サクラは三角波にぶつかったときのように目をむいた。「気をつけて。オサは近頃心臓がよくないの」

「ごめん、ごめん」ムラサキは慌てて頭を下げた。「少し興奮してたもんだから」

「ムラサキって、いつも騒がしい」サクラはおっとりとした口調で言った。「大きくなっても子供みたい。私、子供は好きだけど」

「すまん。〈朋〉がいないと、つい、がさつになりがちだ」

「ムラサキは、単に、そそかしいだけだと思うな。もっとゆっくり歩いたり、ゆっくり食べたりしたほうがいいよ」

——まあ、サクラから見れば誰でも「そそかしい」だろうとムラサキは微笑《ほほえ》んだ。のんびりしているという点では、サクラは船団一だ。その、せかせかしないところが皆から好かれ、次代のオサ候補として名前があがっている。サクラがオサになれば、この船団は、ますます居心地がよくなるだろう。

トウカムリが湯呑みを甲板に置き、割って入った。「ムラサキよ、今日はなんの用だ。この子と話をしに来たわけではあるまい」

ムラサキはトウカムリの前に腰をおろし、姿勢を正した。「迷舟が来ています。濃い赤色で、放射状に白い筋が入ったとても綺麗な舟です。この船団には、ああいう舟はいません。遠くから流されてきたのでしょう」

「大きな台風が通過したばかりだ」トウカムリは言った。「あちこちで迷舟が出ただろう。自分の船団を見失ったものは、ふらふら泳いでいるうちに南下海流につかまって、赤道付近まで流されていく。〈朋〉を持たない魚舟は、そのあたりで獣舟《けものぶね》に変わるそうだ。研究者の調査で詳しくわかってきた」

「獣舟になっては可哀想なので、おれは、あいつを手懐けてみたいと思います。うまくやる方法をご存じありませんか」

「近道はない。迷舟の場合はとりわけ難しい」

「それでも試してみたいんです。おれの魚舟は戻ってきそうにありませんから」

サクラが横から言った。「オサ、私は賛成します。試させてみてはどうでしょうか」己の〈朋〉と再会できるかどうかは、まったくの運である。個人の努力によって得られるものではない。だから迷舟に出会ったのであれば、それもひとつの運として交流してみるのもよいのではとサクラは続けた。

トウカムリはサクラに向かってうなずき、ムラサキのほうへ視線を動かした。「強い意思があるなら存分にやるがよい。ただし、その迷舟は、疲れを癒やすためにここへ寄っただけで、元気になったら旅立つかもしれん。そうなったら、おまえは、きっぱりとあきらめるのだぞ。決して、魚舟に負担をかけるな。おまえが自由であるように、魚舟もまた自由なのだから」

「わかりました」

「来たついでに頼むが、今日出産する者をサクラと一緒に手伝ってくれ。ナガラメが、そろそろ産む頃だ」

ナガラメは居住殻の最下層で、裸になって下半身を水槽の中に浸けていた。中を満たしているのは海水に似た成分を持つ塩水だ。出産のために用意された特別な水である。沐浴するようにその中で膝立ちし、水槽の縁に組んだ両腕を載せていた。水槽の近くには盥《たらい》が置かれ、そちらも塩水で満たされている。

配偶者のタイラギが傍らにいて、子供たちの誕生をのんびりと待っていた。

サクラとムラサキをみとめると、ナガラメはにっこり笑って「あら、ムラサキも来たの。今日は当番だっけ?」と訊ねた。

ムラサキは答えた。「オサに会いに行ったら、ついでに手伝ってやれと」

「あんたが来てくれるなら安心だ。一番効く『気』を持っているからね」

「よせやい。ただの迷信じゃないか」

「でも、あんたの顔を見ると妊婦は安心するんだよ」

水槽や盥を何に使うのか、ムラサキはよく知っていた。

出産には、これまで何度も立ち会ったことがある。というのも、一族の古い言い伝えによると、ムラサキぐらいの歳《とし》の男を出産に立ち会わせると、よい運勢が引き寄せられて、生まれてくる子供に幸運が約束されるらしい。血のつながりは関係なく、ただ、特定の年齢の若い男であればいい。

つまり、これは科学ではなく呪術なのだった。

特定の場所に特定の物や人を配置したときによい結果を得られたら、次も同じ要素を集めて同じ手順をふめば同じ結果を引き寄せられる——これは雨乞いと同じ理屈だ。ムラサキは、たまたま家族や親戚の出産に立ち会う機会が多かったので、いつのまにか「まじないの道具」として重宝されるようになったのである。

まじないだから、むきになって逆らうほどのことでもない。ムラサキ自身は自分の〈朋〉と巡り合えなかった男だ。そんな者が幸運を引き寄せられるのかどうか疑問ではあるが、皆が喜ぶので言う通りにしていた。たとえ呪術の道具であっても、なんらかの形で船団の役に立てるのはうれしい。もしかしたら、本当はもう誰もこんなまじないなど信じておらず、古い儀式を習慣的に繰り返しているだけかもしれないが。

海上市《かいじょういち》へ行けば、海上民《かいじょうみん》であっても、多少は陸の科学技術の成果に触れられる。通信機器、情報端末、さまざまな医療用具、いざというときの保存食。陸の学校で勉強したあと、また海へ戻ってくる海上民もいる。医師を志望する者などは、このような形で陸の教育を受けるのだ。遥か昔から、海上民にとっても科学とは魔法ではなく、日常的な学問と技術である。

ムラサキは、初めて家族の出産現場に立ち会ったときには、かなり驚いた。が、慣れてしまえばどうということはなかった。次に驚くことがあるとすれば、海上民の身体に再び改変が加えられ、男でも出産可能になったときぐらいだろう。もっとも、ムラサキの船団には子供を産んでみたいと望む男など皆無だ。技術とは、できるからといって必ず使うべきものでもない。

タイラギがナガラメの背中をなでながら、「もうすぐかなあ、そろそろかなあと」楽しげにつぶやいた。「肌がもうだいぶ赤い。『熱い気』がまわりきった証拠だ」

「お腹の下のほうが重くなってきた」とナガラメが言った。「降りてくる降りてくる。ああ、もうすぐだ」

「そうか！」

タイラギは熱心にナガラメの全身をさすり続けた。

ナガラメは腕をほどき、水槽の縁をしっかりと握りしめた。身じろぎしたので水面が揺らいだ。

ふうっと息を大きく吸い、吐いた。

しばらく、うっ、うっと短く荒い息を洩らしていたが、突然、うーっと長く呻《うめ》いて全身を硬直させた。

タイラギが「あっ」と声をあげる。

直後ナガラメは、タコのように、くにゃくにゃと水の中に身を沈めた。水が少しだけ赤く染まり、水槽の底に、半透明の嚢《のう》に包まれた何かがするりと落ちた。

サクラとタイラギは水槽の中へ身を乗り出した。

囊の先には、早くもナガラメの体内から剝がれ落ちた胎盤と臍帯《そくたい》が一緒に沈んでいる。サクラとタイラギは、ぬるぬるする囊と胎盤一式をふたりがかりで持ちあげた。手を滑らせぬように気をつける。ムラサキは何もせず眺めているだけである。立ち会いだけがムラサキの役目だ。それ以外は手を出してはならない。

海上民の出産過程は、旧時代の陸上民《りくじょうみん》と比べると「驚異的に苦労がない」らしい。ムラサキはオサからそう聞かされた。

何百年も前の女性は、四十週も胎児を子宮内で育て、大きく成長した胎児を、何十時間もかけて狭い産道から押し出して産んだという。なんともはや恐ろしく、痛い目に遭っていたものだ。

このやり方では、妊婦は陣痛の激しい痛みによって意識は朦朧となり、出血によって死亡することすらあったという。それどころか、安全な施設で準備を整えて出産しても、母子もろとも死ぬ場合すらあったのだ。

旧時代の女性たちは、どうして、そんな大変な作業を強いられていたのだろう? いまの陸上民は、限られた資源を有効に使って人口調整を行うため、人工子宮で子供を得ている。出産の苦労からは完全に解放されたのだ。この方法なら同性間でも子供を得られるという。卵子と精子を受精させるのではなく、人工胚に両者の遺伝子情報を注入し、人工子宮で育てるだけなのだ。

いっぽう、ムラサキたち海上民は、医療施設に乏しい環境で出産するので、未だに旧来の方法をとっている。だからこそ、昔よりもずっと楽な出産になるように、あらかじめ体を改変されているのだ。胎児を包み込む嚢は、出産予定日になれば適度に拡張する産道を通って、なんの痛みもなく、するりと体外へ押し出される。出血はわずかだ。輸血の必要もない。楽に産めて母胎に負担がかからないので、出産を怖がる女性は海上社会にはいない。それと同時に、魚舟の総数を調節する必要から、子供を持たない選択も許されていた。両親が早く死んだ子供の養子縁組も、しょっちゅう行われている。陸とは別の意味で平等な社会だ。

サクラとタイラギは嚢を盥まで運び、塩水の中へ沈めた。タイラギが床からナイフをとりあげ、嚢につながる臍帯を切り離す。嚢を慎重に切り開くと、中に収まっている双子の姿が露《あら》わになった。

ムラサキたちと同じくヒトの姿をした子が、双子の片割れをしっかりと抱きしめていた。大きな海鼠《なまこ》を抱いて眠っているようにも見える。抱かれているのはヒトとは似ても似つかぬ生きもの——サンショウウオに似た扁平な頭部を持つ魚だった。おとなしくヒトの子に寄り添い、ゆっくりと鰓《えら》を開閉させていた。

タイラギは水の中からヒトの子を抱きあげ、振り返ってナガラメに見せた。「大丈夫だ。心臓もしっかり動いている」

ナガラメが言った。「背中を軽く叩いてやって」

タイラギがその通りにすると、ヒトの子は少しだけ水を吐き、小さく息を吸ってから、けたたましい声で泣き始めた。

サクラは盥の中に魚と塩水だけを残し、不要になったものを取り出して別の盥へ移した。

「魚舟も元気よ。ちゃんと鰓を開いてる。子供の名前は？　もう考えてあるの？」

ナガラメが答えた。「女の子なら、リュウキュウアオイ。男の子なら、リュウグウオキナ。生まれたのはどちら？」

「男の子だ」とタイラギが答えた。

「では、リュウグウオキナね。もっと、しっかり見せてちょうだい」

「いいとも」

ナガラメが水槽から出て床の敷物に座ると、サクラはその体が冷えないように柔布をかけてやった。ナガラメは両腕を伸ばし、タイラギから、泣きじゃくっている赤ん坊を受け取った。腕の中であやしてやると、泣き声は次第におさまっていった。

この段階になると、ムラサキの役目は終わりである。出産を祝う特別な言葉――ムラサキには意味すらわからない——を口にしたあと、「オサを呼んでくる」と言い残して部屋から出た。このあとはオサが舟を訪問し、親子三人に祝福を与え、盥の中で休ませている魚舟を、丸一日経ってから海へ放すのである。

翌日になっても、迷舟はまだ船団のそばにいた。ムラサキは近くまで泳いでゆき、網袋に詰めて持ってきた小魚を迷舟の口のそばで揺らした。

迷舟は口を大きく開いた。その中へ小魚を放り込んでやると、ゆっくりと嚙み、吞み下した。ムラサキは迷舟に次から次へと小魚を食べさせた。食欲が戻ってきたのであれば回復は早いだろう。いい傾向だ。

それにしても、いくら眺めても見飽きることがない美麗さだ。首回りにハーネスをつけて、他の魚舟に牽引させて連れていきたい。だが、そんなことをすれば嫌がって暴れるだろう。迷舟自身がよそへ行きたがるなら、好きにさせるべきなのだ。

「歌を聴かせてやろう」ムラサキは迷舟に語りかけた。「おれの歌を気に入ったら、もう少しだけ、ここに留まってくれないか」

ムラサキは自分の〈朋〉を得られなかったが、大人たちが歌う〈操船の唄〉は幼い頃から耳にし、自然に覚えていた。〈朋〉を持たない者は船団内では歌ってはならぬという決まりがある。同じ調子で別の者が歌うと、魚舟は機嫌を損ねて苛立《いらだ》つのだ。わずかな節回しや音程の差が、違和感となって耳や心に負担をかけるのだろう。

そこでムラサキは、ときどき船団から遠く離れた場所まで泳いでいって、そこでひとりで歌うことにしていた。

悲しくはなかった。

空想の中にしかいない〈朋〉のために歌うのは、結構、楽しかったのだ。だが、本物の魚舟が聴いてくれるなら、それに勝るものはない。

迷舟は嫌がりもせず、ムラサキが小声で歌う曲をじっと聴いていた。魚舟は聴覚が敏感なので、気に入らない歌を聴かされれば嫌がって離れていく。逃げたり嫌がったりしないということは、迷舟はこの歌を受け入れたのかもしれない。あるいは、遭難した際に聴覚器官に傷を負っているのであれば何も聞こえないだろう。反応がないのは当然だ。

船団はしばらく同じ海域に留まり続けた。魚がよく獲れる場所にあたったのだ。

ムラサキは迷舟を見にゆくたびに、傍らでそっと歌い続けた。

迷舟は逃げなかった。他の魚舟との喧嘩を避けて、わざと動かないようにも見えた。ムラサキが小魚を差し出すと食べ、彼が歌うと、じっと耳を傾ける様子を見せた。

船団の魚舟たちは、よそ者を無視していた。放っておけば、いずれ泳ぎ去ると考えたのだろう。関心も敵意も示さなかった。

一週間ほど経つと、ほとんど浮いているだけだった迷舟が、船団から少し離れた波間へ移動し、軽く鰭を回して、また戻ってくる仕草を見せるようになった。

ムラサキが近づくと、これまでと違って距離を置く。嫌われたのかと不安を覚えたが、小魚を差し出すと普段通りに食べる。だが、食べ終えるとまた離れていく。

姿が小さくなるほど遠くまで泳いでいき、また戻ってきて、彼の目の前でぐるぐると回る。ムラサキは迷舟についていくふりをしつつも、ある程度まで船団との距離が開くと、もとの場所へ戻るべく迷舟を促した。

ムラサキが船団を目指して泳ぎ始めると、迷舟は残念そうに一声鳴いてからあとを追ってきた。だが、翌日になると、またムラサキを船団から引き離そうとする。海の魔物が、彼を海の彼方へ連れ去ろうとしているかのようだった。

ムラサキが無理にでも迷舟を船団に留めるか、迷舟を自由に旅立たせるのか——その決断のときが訪れたらしい。

夜、ムラサキの弟の舟に、トウカムリとサクラがやって来た。サクラが、いよいよ副長《ソエオサ》として働き始めるので、一緒に挨拶に来たのだ。

上甲板で歓迎の夕食を摂ったあとも、ムラサキは居住殻にはおりず、外で物思いに耽っていた。

頭上に輝くケフェウスが、やや西寄りの位置に来た頃、居住殻からサクラがあがってきた。

軽く挨拶を交わし、サクラはムラサキの隣に腰をおろした。「迷舟、だいぶ懐いたのね」

「いや、そうでもない」

「毎日遠くまで泳いでいって、歌まで聴かせているんでしょう」

「事はそう簡単では――」

「逃げそうなの？」

「おれが船団に引き留めなければ、たぶん」

サクラは惜しそうな顔をした。ムラサキと迷舟の関係に、心の底から期待をかけていたようだ。

「おまえはいいな」ムラサキは戯《おど》けた調子で言った。「なんでも持っているから、選ぶことも捨てることもできる。おまえには結婚する自由がある。しない自由もある。産む自由もある。産まない自由もある。オサになる自由がある。ならない自由もある。〈朋〉も持っている。おれは何も持っていない。産む器官を持たず、結婚するあてもなく、オサになれる血筋や才能もない。〈朋〉もいない。本当に何もない」

サクラはしばらく黙っていた。やがて、ぼそりと言った。「持ち物が少ない、あるいは何も持っていないということは、無限の可能性が開かれているということだ――と陸上民は言うが、それはひどい御為《おため》ごかしだと私は思う。陸上民は豊かな社会をじゅうぶんに享受し、なおかつ、富が陸で独占されている現状を知りながら、そんな戯言《たわごと》を平気で口にする。陸の経済圏から弾きだされた民族に対して、彼らの悠長な言葉は侮辱でしかない」

「まったくその通りだ」

「知っているよ。私がソエオサになれるのは、オサの舟に生まれたからだ。なんでも選べるし選択肢が多いのも、ただ運がよかったから。私が努力したからじゃない」

「サクラを責めるつもりはないんだ。でも、海上民同士でもこれほどまでに差があって、おれの人生は本当に何もなくて平凡だ。安産祈願の呪具になることぐらいしかできん」

「いっそ、陸へあがる？　大学へ行ったり、新しい仕事を見つけたりする？」

「特技のないおれが陸へ行っても、陸上民の使い走りになるだけさ」ムラサキは軽く笑った。「知っているか。〈朋〉を持たない者は、心に小さな穴がたくさんあいているんだ」

「穴？」

「それを何で埋めればいいのかわからない。埋めたいという気持ちと、『まあ、どうでもいいか』という気持ちのあいだで、いつも揺れている」

「見つかるよ」サクラが声に力をこめた。「ムラサキはよくやってくれているもの。埋めるものは、いつか必ず見つかる」

そう言えるのがサクラの強いところだとムラサキは思う。そう言えるように育てられ、期待通りに育ったのだ。ほんの少しだけうらやましかったが、自分がサクラの立場にあっても、ここまで、すくすくと成長できたかどうかはあやしいもので、だから、サクラにその運命が与えられたのは正しかったのだと結論することにした。

「明日、あいつと海へ出たときに決めるよ」とムラサキは言った。「これで最後だ。本当に最後だ」


翌日、迷舟はいつものように、ムラサキを船団から離すような泳ぎ方をした。ムラサキは迷舟についていった。船団との距離をあまりあけない場所で、昨日までと同じく歌い、迷舟をなでた。

迷舟は、さらに遠くへ行こうとムラサキを誘った。少しだけ離れて鋭く鳴き、また戻ってきて鳴く。これを何度も繰り返した。

ムラサキは応じず、同じ場所に浮いていた。波に揺られながら言った。「悪いな。おまえとは一緒に行けないんだ。おれには自分の船団がある」

正式に契《ちぎ》りを結んだ〈朋〉でなければ、人間の言葉や意思は正確には伝わらない。だが、そうやって口に出さなければ、あきらめるのは無理だった。

手放すにはあまりにも惜しい舟だ。宝石の如く煌めいている。だが、舟自身がどこかを目指しているのであれば、それは舟にとっての故郷で、ムラサキが行くべき場所とは違う。

何度も同じ泳ぎ方を繰り返したのち、迷舟は何かを悟ったようにひとりで泳ぎ始めた。速度をあげ、二度とその向きを変えることはなかった。

ムラサキはひどく気を落としたが、不思議と涙はこみあげてこなかった。自分はいつもこうなのだ。何も持つことができない人間だ。人が、物が、生きものが、自分の目の前を通り過ぎていくのを、ただ眺めていることしかできない。

迷舟の姿がすっかり見えなくなったとき、ふいに、あ、いま穴がひとつ埋まったなと感じた。

それは突然訪れた感慨だった。

悟りではない。感動でもない。ただ、何かが、しっくりと心に収まったのだ。

心の穴を埋めるものは、実体ではなくてもよいのだとムラサキは気づいた。記憶。幻。

思い出。いや、そう考えたいだけかもしれないが。

本物の〈朋〉を得られずとも、いっとき交流した舟の面影さえあれば、小さな穴のひとつぐらいは埋められるのだろう。

この幻は、おそらく一生、自分の中から消えない。

# 獣たちの海

塩水の中で生まれたとき、その生きものは孤立していた。自分と同じ存在は周囲に一頭もおらず、ただ灰色の空間がぼんやりと広がるばかりだった。まだ、目がよく見えなかったのだ。

小さな鰓が懸命に酸素を体内に取り入れようとしていたが、狭い空間では息苦しく、いくら泳いでもすぐに固い壁にぶつかった。

頭部で探ってみた壁の強度は相当なもので、この不愉快な障壁は、途切れることなくどこまでも続いているのだった。

何かが黒い影を水面に落とし、クロ、クロ、という呼び声を、上方から水面に向かって注いだ。クロ自身にとってはあずかり知らぬことであったが、声をかけていたのはヒトという生きもので、盥の中にいるそれを眺めるたびに、クロと呼んでいたのだった。

「クロ」とは、この海域で魚舟を指して呼ぶときの単語である。このあたりで生まれる魚舟は、誕生直後は例外なく真っ黒で、数ヶ月のあいだに、徐々に色や模様が外皮に現れてくる。

丸一日後、突然、クロの周囲にあった壁が消失した。塩水ごと遠くへ放り出された感覚に、クロは思わず身を縮めた。一瞬だけ大気の中を泳いだのち、クロの体は海面に叩きつけられた。

たいした衝撃ではなかった。体はするりと波間に潜り、クロは無意識のうちに、大量の泡を掻き分けながら懸命に鰭を回していた。

どこまで泳いでも、もう壁にはぶつからなかった。動きを邪魔するものはなく、体がひどく軽かった。壁も底もない空間とは、なんと心地がよいのだろう。自分がいるべき場所は最初からここだったのだ。何かの間違いで、あの壁の内側に閉じ込められていたのだ。もう、あんなところには戻るまい。何があっても戻るものか。

クロを海へ放流した船団は、食料を求めて、クロとは逆の方向へ魚舟たちを進めていった。広い範囲を回遊しているので、数年後には同じところへ戻ってくるのだが、クロはそんなことなど知るよしもない。

よく晴れた日だった。波間から海中へ光の針が射し込み、クロの目を強く刺激した。色を識別できるようになったクロは、海面から海底へ向けて徐々に色が変わっていく様子を目の当たりにしていた。眩しく輝く青から、底知れぬ暗い青まで、少しずつ違う色が境目なく広がっている。暗い青を眺めていると背鰭がぞくりと震えた。それは生きものとしての本能が捉えた死の予感だった。周囲から何かが自分を押し潰しにくるような気がして、しばらくのあいだ、クロは震えながら海面近くを漂っていた。

ギィ、と小さく鳴き声を洩らしたが、応えるものは誰もいなかった。その代わり、自分の声が海水を伝わってどこまでも進んでいくことを知った。海水は何かを返したりはしなかったが、海に声を溶かす行為が面白くて、クロは何度も海の彼方に向かって叫んだ。

陽光を求める植物プランクトンと、それを捕食する動物プランクトンが、波間で追いつ追われつを繰り広げていた。口をあけたまま泳ぐと、それらが勝手に流れ込んできて飢えを満たしてくれた。

クロの味覚は未発達で、感知できる範囲も狭かった。だが、満腹になると喜びの感情が生じた。盥の中にいた頃よりも鰓は力強く開閉し、酸素を全身に行き渡らせた。

海での暮らしは自身の体験によって学ぶしかない。失敗すれば死ぬだけという命をかけた毎日だ。現時点ではとても不利なこの道を、クロはそろりそろりと進んでいった。

体が小さいあいだ、クロは海面近くを漂い、プランクトンを餌とした。嗅覚と味覚はますます研ぎ澄まされ、食べ物はどこか、近づいてはいけないものは何か、すぐにわかるようになった。味覚は口の中だけでなく鰭の先端にも発達してきた。口腔内の味覚は食欲に直結しているが、鰭の先端の味覚は、海中を漂う物質の濃度、それが流れてくる方向を感知する役目を担っていた。そこには触覚もあり、体表と同時に海水の振動を同時に受けとめることで、より詳しく周囲の状況を把握できた。

海中は生々しい匂いと味と騒がしい音に満ちている。安全な情報も危険な情報も、それがどの方向から、どれぐらいの強さで流れてくるのか――鰭の先端は敏感に測っていた。音は最も早く伝わる重要な要素だ。生きものの動きだけでなく、どこかで小石が転がった音でもクロの聴覚は敏感に感知した。

全身がセンサーとなったクロには、ほとんど死角がなかった。群れで育たないクロにとって、ここまでの機能があって初めて、ひとりで生き抜くことが可能になるのだった。

海面近くに棲む小魚は、せわしく食べ物をあさっていた。クロが鳴き声を発すると、小魚たちの居場所が目で見るよりも早くわかった。人間たちが反響定位と呼ぶ能力だ。低周波から高周波までを巧みに使い分け、それが対象物にあたって跳ね返ってきた結果から周囲の状況を知るのである。

鳴く。

音が跳ね返る。

また鳴く。

反射波は小魚たちの大きさや形だけでなく、それが海底に沈む石ころよりも柔らかいとか、針を持つ生きもののようにトゲトゲしているとか、つるつるのクラゲと違ってざらざらしているとか、そういった細部まで教えてくれた。

やがては、反射波を捉えた瞬間に、頭の中にぱっと物の形が浮かぶようになった。音波による探索結果と脳内の記憶が、瞬時に連動するようになったのだ。

海の表層を泳ぐ中型の魚やクラゲやウミガメを、クロは明瞭に捕捉した。どれも、いまのクロにとっては天敵だった。小魚がそれらに食われるのを見た瞬間、油断すれば自分もそうなるのだとクロは直観したのだ。

常に鳴き、あるいは相手がたてる物音に注意しながら、クロは速やかに逃げた。もう少し成長すれば、クラゲもウミガメもクロの敵ではなく、むしろ餌になるのだということを、このときクロはまだ知らなかった。いまは、この場をしのぐだけで精一杯だった。

海の表層は目立ちやすい。腹が膨れたあとは速やかに深みへ移動した。海面から水深三十メートルあたりまでを行ったり来たりしながら、クロは敵から逃れ、目をあけたまま漂いつつ眠り、休息をとった。豊かな海域に放たれたおかげで、クロは、ぐんぐんと大きくなった。

少し前まで、クロの全長は三十センチほどだった。それが一週間で倍になり、一ヶ月で一メートルになった。そこからあとは、一年で一メートルずつ大きくなり、十年後には十メートル余りまで育った。背中には固い瘤《こぶ》が盛りあがり、内部に広い空洞が生まれつつあった。サンショウウオに似た扁平な頭はさらに大きくなった。何十キロも泳いでも鰭は疲れを知らず、尾鰭で殴りつけると大きな魚でも気絶させられた。

食べる物も変わった。小さな頃は共に生きていた小魚たちを、いまのクロは片っ端から呑み込む。クラゲも食う。もはや、ウミガメに嚙まれる心配もない。ウミガメのほうが避けてくれる。サメすらクロを避けた。シャチまでもがクロを恐れた。魚舟を仕留める手間を考えると、別の海洋生物を狩ったほうが効率がいいからだ。魚舟が背中の瘤を向けて突進してくるときの恐ろしさを、シャチの群れは熟知していた。巨大な岩礁が突き進んでくるようなものなのだ。あたりどころが悪いと背骨や肋骨を折られる。遭遇しても知らぬ顔をして通り過ぎたほうがいい生きもの――それが大人になった魚舟だ。

もはや、クロに行けない場所はなかった。潮に乗って長距離を移動し、新しい海を次々と訪れた。群れになって渦を巻く銀色の魚たちや、色鮮やかな珊瑚の密集海域を、そこの主のような顔をして悠々と泳いだ。そこには色とりどりの魚が群れ、陸上民が作り出した異形の生きものも共に蠢《うごめ》いていた。海洋浄化や酸素供給のために放たれた生きもの、人間の制御を外れて野生化した怪物たちだ。海中は彼らの楽園だった。タコなのかイカなのかウミウシなのか、カニなのかエビなのかヒトデなのか、ウツボなのかウミヘビなのか、見た目だけでは判断がつかない奇妙な存在が、他の生きものを猛烈な勢いで狩り、海底に沈んだ死骸を食って日々を送っていた。

クロにとっては彼らは「仲間」とも呼ぶべき存在だ。しかし、勿論、クロはそんなことは誰からも教わっていない。自分がどのようにしてつくられ、海に放たれ、他の生きものと食う食われるの関係にあり、この先どうなっていくのか――誰もクロに知らせなかったし、そもそも、それを伝達する手段もなかった。クロにはただ、自分が生きているという実感があるだけだ。

生きものの声は、海のあちこちから響いてくる。高く低く音楽のように変化する響きは、大型海棲哺乳類の鳴き声か、あるいは小魚の群れが発するつぶやきか。そして誰の目にも映らずとも、海は微生物やウィルスに満たされたスープだ。生きものはどんなところにもいて、温かい海でも冷たい海でも繁殖し続ける。

クロが見て回ったところ、海の底は平らではなく凹凸があり、斜面があり段差があった。自然物もあれば、大規模海面上昇によって海没した都市の残骸もあった。こういった場所は複雑に地形が入り組み、深い亀裂や、大きな丘を生じさせていたが、反響定位を使うとすぐに全貌を確かめられた。クロは、いまや水深二百メートルを超えても平気で潜れる。そこは太陽光が届かず、音の反響だけを頼りに進む暗闇である。水はひどく冷たく、海面からはわからない海水の流れがある。水の味も違う。苦い。密度が高い。ときには濃い塊のように感じられるほどだ。しかし、逞《たくま》しく育ったクロの鰭は、それをものともせずに切り裂いていく。

明るい海と違って、深海には夥《おびただ》しい数の奇妙な柱が建ち並んでいた。かつての大都会の建築物だ。いまでは海洋生物の住み処《か》になり果てている。

傾いた高層ビルは海藻やイソギンチャクに覆われ、貝やウニが這い回り、エビやカニが長い脚を蠢かせて壁を伝った。窓ガラスを失った建物の内部には深海性のウナギが棲みつき、サメが出たり入ったりを繰り返している。海底には奇妙な形の二枚貝が集まり、人間たちが彼らに与えた性質に忠実に餌を求め、ときどき水管から海水を噴き出して泳いだ。

反響定位で脳内に地図を作り、ここを周遊するのがクロの楽しみになった。食べ物を探すだけでなく、見知らぬ場所を探索すること自体が好奇心を刺激するのだ。

クロはここで初めて、自分と同じ匂いを発する生きものと出会った。

ヒトは自分の姿を鏡で確認できるが、海洋生物に自分の姿を確かめる方法はない。クロに仲間と呼ぶべき相手がいるとすれば、それはクロ自身と同じ匂いがする存在に違いなかった。

クロが近づくと、向こうも興味深げにこちらへ寄ってきた。他の生きものなら、すぐに逃げ出すか逆にこちらを襲ってくる。どちらでもない反応に、クロは好奇心を掻きたてられた。

二頭は鼻先が触れ合うほど近づき、お互いの尾鰭を追いかけ合って、ぐるぐると回った。魚舟はヒトから生まれるので、魚舟同士では交尾は行わない。つまり求愛行動はとらないのだが、知性を持っているので親愛の情は示し合う。

海底の廃墟で戯《たわむ》れていた二頭は、やがて腹をすかせて浮上し、太陽光が射す明るい海へ戻った。

そこでクロは初めて、相手の姿をはっきりと視認した。

この海で見かけるどんな生きものよりも大きく、頭部は扁平だ。長い対鰭《ついき》と尾鰭を持ち、背鰭は鋭く立ったりたたまれたりする。

クロは繰り返し甲高い鳴き声を発し、相手の質感や大きさを正確に測った。

その結果、これは以前も見かけたことがある形だと気づいた。

かつて、クロは、それを遠くから眺めつつも、決して近づかなかった。

あまりにも大きな魚がたくさん群れていたので、つい臆してしまったのだ。

そのときに測定した巨大魚の形と、いま目の前にいる相手の姿は相似形だった。ということは、自分たちは本来群れて暮らす生きものなのだろうか。

ピンとこなかった。そうだとしたら、なぜ自分は生まれたときに狭い場所に閉じ込められ、いきなり海に投げ捨てられたのだろうか。

問うてもわかることではない。クロは考えるのをやめ、目の前の相手が発する匂いや声に注意を傾けた。

なるほど、自分の体はこんなふうになっているのか。

魚舟ごとの個体差に関する知識は、いまのクロの頭にはまだなかった。相手の体は濃い緑色で、ところどころに縞《しま》模様があった。このあたりでは、もっとも多く見られる模様で、クロとは少しパターンが違っていた。クロは成長しきったいまでも全身が黒く、わずかに無彩色の縞が見られる姿だ。しかし、クロ自身はそんなことは知りようがない。

やがて二頭はお互いから離れて、別々の方向へ泳ぎ出した。

興味が薄れたら、あとは単独行動をとるのがこの年齢の魚舟の特徴だった。番《つが》わない生きものの在り方である。

だが、仲間と認識できる個体に出会ったことは、クロの内面に新たな感情を呼び起こした。

なんだろう、このムズムズする想いは。

自分は、どこかへ行かねばならないような気がする。辿り着くべき場所がどこかにあって、自分はそこを目指すべきではないのか。

クロと同時に生まれたヒトの子が、そろそろ思春期に入る時期だった。が、勿論、クロはそんなことは想像もしたことがなかった。自分に双子の片割れがいて、それが魚ではなくヒトだということも。だが、鮭が自分が生まれた川へ戻るように、クロもまた匂いを頼りに、自分が生まれた船団に向かおうとしていた。

自分を海へ放り投げた船団なのに。

そこへ帰れば、ヒトと共生する生き方しかないはずなのに。

それでも何かがクロにそこへ戻れと命じるのだ。強く強く、クロ自身にすら抗《あらが》えない力によって。

クロは自分を呼ぶ匂いが流れてくる方角へ鼻を向け、大きく鰭を打ち振るった。

途中で頻繁に魚舟船団と遭遇した。これまではあまり見かけなかったので、ようやく自分が、彼らが暮らしている海域に入ったのだとわかった。

そして、魚舟船団ならどれでもいい、というわけでもないことに気づいた。嗅覚が求めている船団はたったひとつで、それ以外は一切興味がわかなかった。

標《しるべ》となるのは匂いだけだ。海に放流されたとき、クロは生まれたばかりで何ひとつ事情を理解していなかった。覚えているのは船団の匂いだけ。そこにいた魚舟たちの形や色、船団の規模などは何ひとつ思い出せない。匂いだけを頼りに自分の船団を探し続けた。それは、とてつもなく手間と時間のかかる作業で、永遠に、目的の場所には辿り着けないのではないかと思うほどだった。

探しても探しても見つからないのに、探すことをやめられなかった。何かが絶え間なく胸をしめつけ、クロに旅を急がせた。

生きることは楽しいだけでなく、これほどまでに切ないのか。

漫然と生きるだけでなく、何かを猛烈に求めてしまうつらさをクロは初めて知った。それが己の遺伝子に組み込まれた、自動的に発現する現象であることなどクロは何ひとつ知らない。

力が続く限りクロは泳ぎ続けた。そのあいだにも、また体は少しずつ大きくなっていった。

異変に気づいたのは、とても温かい海を泳いでいたときだ。何がきっかけだったのか、自分ではわからない。

食事を摂るために深海へ潜り、廃墟の隙間を彷徨《さまよ》っていると、そこにあるものに体が触れることは日常茶飯事だ。危険に思える匂いや形は積極的に避けていたが、どこかの廃墟を通過したとき以来、何かが、ちくちくと体の奥を刺激するようになった。

ここ数日、体のあちこちがピリピリして、皮膚や筋肉が引きつる。さらに時間が経過すると、全身が腫れ、やがて、自分でも持てあますほどに体が成長し始めた。

十メートルの大きさになるまで九年かかったのに、いまでは毎日体が太っていく。扁平だった頭部は口吻《こうふん》が突き出し、ダツのような形態に変わりつつあった。対鰭の根元では筋肉が盛りあがり、鰭は爬虫類の腕の形に近くなってきた。口腔内にはサメに似た歯が生じていた。どんなものでも嚙み砕く顎の力がそこに加わった。尾鰭は小さくなり、その代わりに太い尻尾ができた。背鰭は縮み、背中にあった空洞も消えていまはない。心臓は以前よりも力強く脈打っていた。どっ、どっと、大量の血が全身に送られる音が耳元で響く。

まるで何かを殴りつけるかのような音だ。

魚ではない。その姿は、もはや魚よりも大型海棲爬虫類に近かった。地球上ではとっくの昔に絶滅した、後期白亜紀の生物の姿に酷似していた。

猛烈な空腹に見舞われるようになった。食べても食べても腹が減る。空腹であることが苦しくてたまらない。眩暈《めまい》がするほどにひもじい。

やがて、嵐に遭遇した。

潮は濁り、逆巻き、水没都市から舞いあがる沈殿物のせいで浅い海では視界がきかなくなった。いつもは決まった方向から降り注ぐ陽光も、今日はまったく感じられない。嗅覚と聴覚だけが頼りだ。

嵐の激しさは、海の表層だけでなく海中まで掻き乱した。惑わすように幾筋もの潮の流れが生まれていた。自分が進むべき方角はどちらなのか、何もわからなかった。海水の勢いに翻弄されながら、ただただ流されるばかりだった。だが、既に十五メートルを超える大きさまで成長したクロにとって、この日この海域を襲った巨大台風ですら、もはや恐怖の対象にはなり得なかった。白濁する波を少しずつ切り裂きつつ、クロは潮の流れに逆らった。自分が求めている海域へ鼻先を向け続けた。

——いや、どこを目指していたのだったか。

嵐がおさまるにつれて、クロは自分がなんのために泳いでいたのか、徐々に思い出せなくなった。忘れつつあることすら自覚できなくなっていった。いつのまにかクロの頭からは、自分が生まれた魚舟船団を探すという目標が、すっかり消え去っていた。

代わりに新たな渇望として湧きあがってきたのは、上陸という概念。

海上都市や陸地を探し、食べ物を求めてそこへあがろう。もう、海の中を漂う生活はやめだ。飢えを満たすために、もっと効率よく大量に、食べ物を見つけられる場所を探すのだ。それは陸にしかない。

——陸？　陸とはなんだ。

見たこともない陸地のイメージが、いつのまにか脳裏に浮かぶようになった。

そこには小さな生きものがたくさんいるはずだ。

小さな生きものは力強く歌う。

彼らと共に、くたくたになるまで歌を交わし、一緒に餌を獲って、それから——。

いや、違う。自分は小さな生きものたちを食うのだ。共に生きたりなどしない。すべて食べ物だ。美味くて滋養があって、食べれば食べるほど自分は大きくなれる。

そのとき、誰かの声が頭の中でふいに響いた。

（おまえはよく歌った。綺麗な声だった。私はそれに心を奪われた。食うこと、寝ること以外にも、この世には楽しく美しい瞬間があると知った――）

もし、それが本当なら、それはいつ覚えた記憶なのか。
わからない。
眠っているあいだに見た、ただの夢なのだろうか。

声はクロの頭の中で響き続けた。

（餌をたくさんやった。おまえが調子を悪くしてうなっているときには、必ず面倒をみてやった。一緒にいればいろいろと得をするとわかってから、おまえは私と共に暮らすようになったのだ。それだけが、ただひとつの理由だ。私たちはたくさんいるが、おまえに近づける人間はひとりだけだ。だから特定の舟とだけ付き合う。区別をつけるのは簡単だ。おまえは私を匂いで嗅ぎ分け、一度覚えたその匂いを、生涯、決して忘れない。海面から射し込む光のように輝きながら、常におまえの中にある匂いなのだ。私はおまえのそばへ寄り、尾鰭や胸鰭を抱いたり、体をなでてやったりした。私が歌うとおまえも声をあげて喜んだ。何がそんなに楽しいのかわからないが、おまえもいい気分なのだろう。私には鰭がない。体も小さい。それでも、おまえと私は共に日々を過ごす。ふたりのあいだには歌があった。音楽があった。思いやりがあった。それは他の生きものでは代用がきかない特殊な関係性だ。永遠に続く遊びにも似ていた）

クロは声が響いてくる源に気づいた。丸い物体がクロに寄り添い、音波を出し続けていた。それが声の源だった。

これは生きものではないとクロはすぐに察した。岩のように固くて、こちらの心を動かす音を発する不思議な物体だ。同じ言葉を繰り返し語りかけてきた。クロがあずかり知らぬことであったが、これは陸の研究者が、魚舟とその変異したものを観察するために、それらに呼びかける海上民の声を録音し、エンドレスで再生させる装置だった。船団からはぐれた魚舟が、こうやって呼びかけられるとどう反応するのか、調査するための装置だ。

単独で暮らすようになった魚舟は、海上民の言葉をいつまで覚えているのだろう？　完全に忘れてしまうのか、それとも、いつまでも覚えているのか。呼びかけられると、何かを思い出して船団へ戻ろうとするのか。何年、何十年も経過しても？

だが、クロにとっては、どうでもいいことだった。

苛立ちのあまり全力で尾鰭を振り、喋る物体を殴りつけた。数回殴る程度ではなんともなかった。が、十回、二十回と殴り続けると、物体は音を出さなくなり、動きを止めて潮に運ばれていくままとなった。

せいせいした、とクロは思った。

その夜、クロは久しぶりに海面近くまで浮き、そこで眠ることにした。

月の光が眩しかった。波間には夜光虫が漂い、温かみを帯びた月の光とは対照的に、冷たく冴えた光を放っていた。

クロが身じろぎするたびに海面に青い輝きが走った。それは極光に似ていたが、温かい海で暮らすクロは、勿論、そんなものは見たことがない。

たったひとりで波に身をまかせていると、あの嵐のあと、自分は確かに、これまでとは違う生きものに変わったのだと感じられた。やたらと腹が減るのもそのせいだ。食えば食っただけ体が大きくなり、成長は止まらず、体内が常に作り替えられ続けるような――すべてがほどけてばらばらになり、最初から組み直されている感触がある。心さえもが再構築されつつあった。

切ない想いに掻きたてられて船団を目指していた頃のクロは、もう、どこにもいなかった。いまここにいるのは、ただ自分のためだけに生きる、獰猛《どうもう》で力強い新しい生きものだ。

双子の片割れと出会えず、乗り手を得られなかった孤独な魚舟――本来の姿とは違う変異種に変わってしまった個体を、人は獣舟と呼ぶ。海上民はそれを畏怖し、陸上民は自分たちの生命操作技術の失敗によって生まれた怪物として忌み嫌う。

だが、それもまた、クロにとっては、どうでもいいことなのだった。

明日からどこへ行こうかとクロは考えた。常に腹をすかせているクロにとって、いまや海にあるものはすべて食べ物に見える。それが海洋生物ではなくヒトであっても。

それらを大量に食らいながら陸へ向かうのだ。陸へあがったら、この体はまた変化するかもしれない。そのとき、いまの心を保つことはできるだろうか。今度は以前のことだけでなく、自分自身を忘れてしまわないだろうか。あるいは、この心も細かく分かれ、たくさんの自分に変わるのか。そのとき「この自分」が、まだ、この世に存在しているという確証は？

考えても答えが出る問いではない。泳ぎ、鳴き、進むしかなかった。腹が減れば見境なく食らうしかないのだった。それはクロにとって、どこまでも魂を燃やし続ける生き方だ。

クロを止めることは誰にもできない。ありとあらゆる他の生きものたちと同じく、クロにも生きることを誇り、喜んでよい未来が待っているのだ。

この世に生まれ落ちてしまった以上、誰もが持っている生きるための権利が――クロ、おまえにも間違いなくある。

# 老人と人魚

彼は、もうずいぶんと年老いていた。

肌は浜辺に流れ着く流木のように荒れ、髪は潮風にさらされて白い。痩せて骨ばった体で、砂浜に押しあげた古いヨットの手入れを何日も続けてきた。破れた帆を縫い、船体の穴もふさいだ。明日からはタールを塗れるだろう。

思い切りがつかず、延びのびになっていた旅立ちだった。島民たちは老人に「ずっと、ここにいればいいのに」と言って惜しんでくれたが、一ヶ所に留まれないのは彼の性分だ。落ちくぼんだ目の底には、若い頃にあった魅力や凶暴さはもはや見出せなかった。命の残り火が微かに燃えているだけだ。島民の誰もがそれに気づいていた。彼はもう長くはない。それゆえ、この島で彼を看取る機会を失うことを誰もが残念がった。

老人は海辺の近くに小屋を建て、そこに住んでいた。ときどき、オサとその家族が暮らすロングハウスを訪れ、のんびりと世間話に興じるのが唯一の楽しみだった。魚や貝はひとりで獲っていた。寂しいという気持ちはもう何年も感じていない。孤独に慣れすぎたのだ。

妻は何年も前に亡くした。自分にはもったいない女だったと思う。だから、後添えをとるつもりはなかった。この島で彼は名を捨て、皆からは「先生」とだけ呼ばれていた。もとは医師だったからである。いまでも島民の病気や怪我を診るが、島の若者に知識を与えてよく勉強させたので、いまでは彼以外にも医術を操れる者が大勢いる。資源が乏しいこの島では、さまざまな限界はあったものの、皆よく工夫していた。

彼の近頃の仕事は、自分と同じように老いた者や、手の施しようがない病人の最期を看取ることだ。若い頃にはこれが苦手だった。なまじ勉強熱心だったせいで、自分の技量では治せぬ患者がいることにショックを受け、自分で自分の心を壊してしまった。

だが、いまはもう自然にふるまえる。

かつて自ら戦闘の現場へ飛び込み、指揮を執り、あまりにも多くの敵と仲間を死なせたせいかもしれない。死は身近なものに変わり、恐れるものではなくなった。何よりも、妻が自分よりも先に逝くなど、想像もしていなかった。死ぬのは自分のほうが先だと思っていた。体も精神も酷使してきた自分が早死にするのはあたりまえなのに、運命は妻のほうを先にさらっていった。

あまりにも急な出来事に、彼はこのとき、何ヶ月も浜辺で呆然とするばかりだった。妻は自分以上に、体と精神に負担をかけ、がんばり続けてきたのだろう。それを背負わせたのは自分だ。引き返すための機会は何度もあっただろうと思う。だが、自分は前へ進むことしか知らなかった。海上民としての誇りを守ることに全力をかけた。それが妻の寿命を縮めたのだとすれば、彼にとってこれ以上の罰はない。だが、世界が破滅する前に逝けたのは、しあわせとも言えるのだ。〈大異変〉に見舞われれば、人々は、いま想像できる以上の地獄を見るだろう。

いずれにしても自分はよい夫ではなかった。おそらく、誰にとっても死神でしかなかった。医師であると同時に死神だった。それをいまさら悔いはしないが、せめて、どちらか片方であるべきだったのかもしれないとは思う。

妻を亡くしたあと、彼はすぐには立ち直れず、しばらく、石になったように浜辺から動かなかった。そのときから急速に色を失い、灰色になり、やがて真っ白になった。島民たちは無用な声かけなどしなかった。これは人生において、よくあることなのだ。他人には癒やせないから、ただ放置しておくのがよい。このまま朽ち果てるにしても、もう一度立ちあがるにしても、それを決めるのは彼自身だ。

砂浜に打ちあげられた貝殻のように、彼は長いあいだ動かなかった。雨と風がその上を通り過ぎ、彼の外見からは、ますます人間らしさが失われていった。しかし、あるとき、何事もなかったかの如く砂浜から身を起こし、ふらつく足で森へ入り、果実を貪り食って体力を取り戻した。

次の日から、また、生活と人生について考え始めた。医師としての仕事にも戻った。

患者の命が消えゆく瞬間を目にすると、いまでも心は大きく揺れる。だが、そのたびに、自分の内面が清らかに洗い流されていくような感覚も抱いていた。それは、若い頃に身悶《みもだ》えた失望や絶望とは異なる感情だった。死にゆく者と共に、彼自身もこの世とのつながりを少しずつ失っていった。それは死出の旅への備えでもあった。

島には豊かな森がまだ残っている。沖に造られた人工藻礁《アートリーフ》にも魚影がある。だが、人類を絶滅させるであろう〈大異変〉が訪れれば、自然界の生きものもまたたくまに死に絶える。島には保存食の備蓄が乏しい。ここは、すぐに飢えて滅びてしまう島だ。誰もがこの運命を承知しているが、いまさら気にする者はいない。島民は海上都市への避難を選ばなかった。島と共に生き、島と共に滅びる、これが彼らの決断だった。

老人のもとへは、ひとりの少年がよく遊びに来た。老人が手入れをするヨットに興味を持ったのだ。それは海上民が使わぬ大型の船で、昔、この島へ来るときに彼が使ったものだった。

老人は少年を追い払ったりはしなかった。が、自分のヨットに乗せたりもしなかった。

少年とは、島の小舟で一緒に環礁の近くまで出て、魚を獲り、海藻を集めた。

少年の両親は、「自分たちがこの子を産んだのは正しかったのか間違いだったのか、いまでもよく悩んでしまう」と、老人の前でよく口にする。〈大異変〉が来れば長くは持たぬ島だから、産まない選択もできたはずだ。だが、海上民はそのようなことで悩むべきではないという教えに従い、それまでと同じく子を生《な》した。ところが少年の成長を見ていくうちに、やはりそれは間違いだった気がしてきたと。

しかし、もう産んでしまったのだ。育ててしまったのだ。親が気に病んでも意味はないと、彼は少年の両親を慰めた。

両親はその場では納得する。だが、何かの拍子にふと思い出すと、また同じ問いを繰り返すのだった。すると、彼も以前と同じ答えを返した。そんなことを何年も続けている。もはや意味を失った会話だった。しかし、繰り返さなければ不安になる両親の気持ちはわかる。

かつて、老人にも娘と息子がいた。自分は役立たずの親だったと彼はいまでも思う。最後に逃がしてやれたことだけが幸いだった。どこでどうしているにしろ、闘争の巻き添えにせずに済んだのはよかったのだ。

少年との漁では、たいした収穫なしで島へ戻ることもあった。肩を落としてリーフの向こうに立つ白い波頭を睨《にら》みつける少年を、彼はいつも優しく労《ねぎら》った。「おまえはよくやった。明日は人工藻礁《アートリーフ》の手入れをしよう」

「あんなにボロボロなのに、もとに戻るの？」少年は彼に疑惑の目を向ける。「昔と比べると、ずいぶん魚が減った。みんな、リーフには寄りつかなくなってしまった」

「ゆっくり直すのさ。まずは、貝やエビから集まるように」

「それじゃひもじい」

「どうにもならなくなったら森を食え。あれが最後の食料だ」

「陸の人間みたいに？」

「果実以外にも食えるものはある。皆で探すんだ」

少年と一緒にいると、失った妻のことをよく思い出す。

老人はこの島で、妻に手を握られながら静かに空へ昇るのだと思っていた。ずいぶんと都合のよい夢を見ていたものだ。現実は見事に彼を裏切った。しかし、もはやそれを悲しみはしない。彼は灰色になり、白くなり、日ごとに人間離れしていく。

毎日、空の色を確かめながら老人は思う。

世界が滅びるまでには、まだ時間がありそうだ。

できれば、空が青いうちに出発したい。

だが、旅立ちの日を迷い続けていた。

昔なら、迷わず海へ出ただろう。だが、この島には妻の墓がある。彼女を置いていくのか、遺骨の一部を持ち出して一緒に旅をするのか。遺骨を取り出すには墓をあけねばならない。それが億劫《おっくう》だった。骨を見ると、忘れていた悲しみがぶり返すに違いない。それがつらくて旅立ちを先延ばしにしてきた。だが、もう思い切るときだ。


ある日のこと。

浜辺を散歩していたときに、老人は浜辺で見慣れぬ生きものを見つけた。ジュゴンにそっくりだが鰓がある。大きさは、五、六歳の子供ぐらいだ。皮膚はざらりとした手触りで、白っぽい背が陽に灼《や》けていた。

近寄っても逃げない。弱っているのか、人を怖がらぬ性質なのか。浅瀬で潮水に浸かったまま、つぶらな瞳でこちらをじっと見つめた。もしかしたら、岸へあがる性質を持っていない生きものが、迷って海面へ浮いてきたのかもしれない。島の周囲には魚舟がたむろしているのに、よく、つつき回されずに浜まで辿り着けたなと感心した。

やがて、海から戻ってきた島民たちがこの異様な生きものを目の当たりにして、騒ぎ始めた。

「不吉だ。これは世界の終わりを運んでくるものだ」

「ただの変種だろう」と老人は答えた。「むやみと怖がってはいかん。気を許してもいけないが」

「オサに知らせよう」

「うむ。ロングハウスまでは運べそうにないから、ここまで来て頂かなくては」

知らせを受けて浜までおりてきたオサは、この謎めいた生きものを目にするなり、「沖へ帰してやらねば」と言って、皆の顔を見回した。「これは〈ルーシィ〉だ」

「ルーシィ?」島民たちは首を傾《かし》げ、ざわついた。

オサは続けた。「オサの会議に出たとき、陸上民の映像装置で見せてもらった。〈大異変〉が起きても深海で生き延びられる新しい人類を、陸上民はつくったのだ。長く続く厳しい冬が終わり、凍りついた海が解けたとき、これらは海上へ戻って人間社会を継ぐことになる。これらの生活は、もう深海で始まっているそうだ」

「深海に棲む者が、なぜ、浮上してきたのでしょう」

「人工的につくられた種族だから、うまく適応できん個体がいても不思議ではない。これは深海に居着けず、浮いてきたのかもしれん」

「では、このままにしておくと死にますか」

「ここまで辿り着いたのだから、案外、浅い海に適応するやもしれんな」

「すると、近くの海藻や小魚を食い荒らすかもしれませんね」

「じゅうぶんに考えられる」

「じゃあ、ここでさばいて肉にしちまいましょうか」

オサは眉をひそめた。「姿形は海獣でも、これは人間だ。知性も備えているのだ。おまえたちは、それを平気で食えるのか」

島民たちの中から呻き声が洩れた。

そこで老人は「オサよ」と自分から呼びかけた。「おれがヨットでこいつを牽引し、藻礁の外へ連れていこう。島に戻れぬほど遠くまで行き、そこで放す」

オサは彼をじっと見つめた。「それでは、あなたの食料や水が途中で尽きてしまう。帰りの分は残るまい」

「運がよければ漁をしながら進める」

「外洋は不毛だ。あなたなら、よく知っているだろう」

「それでいい。出発の機会を先延ばしにしてきたが、ちょうどいいきっかけだ。おれは海へ出て海で死ぬ」

「亡き妻の遺骨はどうするのか」

「墓を開く。御守りに少しだけ持っていく」

「そこまで決意を固めておるなら私からは何も言えん。よい旅になることを祈るばかりだ」

「長いあいだ世話になった。感謝する」

「こちらこそ」

「ここではとても長く休めて、癒やされた。だが、おれは外洋から離れては生きられん男だ。いま、それがよくわかった」

老人は長らく開くことをためらっていた妻の墓を、自らの手であけた。指の骨を一本だけ持ちあげて袋に収める。入れ替わりに、自分の髪を収めた袋を傍らに置いた。そして墓を埋め戻した。これで妻とは、島でもどこでも共に在ることとなる。

砂浜に置かれたヨットを、老人はひとりで波打ち際へ押していった。桟橋の杭にロープを結び、浅瀬にヨットを係留する。それから、日持ちする木の実と干物を運び込んだ。ルーシィを牽引するために、漁に使っていた小舟に水槽を載せ、ヨットで引っぱれるようにした。運ばれるほうはさぞ窮屈だろうが、魚舟につけるハーネスはルーシィには大きすぎるし、そういう形で牽《ひ》いていくと、大型魚や獣舟が餌だと思って噛みついてくる。舟に乗せてゆくしかないのだ。

支度はひとりでするつもりだったが、件《くだん》の少年がやってきて手伝ってくれた。一緒に外洋へ出たいとしきりに訴えたが、出たきり戻れない旅だと教えると、意味を悟って、もう何もねだらなかった。なるべく遠くまで行けるようにと、さらに多くの木の実を袋に詰めて持ってきてくれた。出発の日と時間を教えてほしい、皆で見送るからと言った。

老人は皺《しわ》だらけの顔にさらに皺を寄せた。「おれは勝手をするだけだから、皆に心配してもらうと照れるし、おれを煩わしく思ってきた奴だっている。ひとりで行かせてくれ」

「じゃあ、僕だけが見送る。だめか」

「それならいい」

「わかった、じゃあ皆にもそう言っておく」

出発は早朝と決めていた。水平線の近くに朝日を望みながら藻礁の外へ出るのだ。出発の日と〈大異変〉の始まりが重ならないようにと祈った。死出の旅とはいえ、晴れた日になってほしい。

祈りが通じたのか、旅立ちの朝は〈大異変〉の予兆もなく、雨も降らず、ここで過ごしてきた日々の大半と同じく穏やかだった。

老人は小舟の水槽にルーシィを入れ、杭からロープをほどいてヨットに乗り込んだ。

少年は、桟橋から、長いあいだ見送ってくれた。

少しばかり島から離れると、森の上で見送りの幟《のぼり》がひるがえっているのが目に留まった。まるで人が手を振っているかのようだ。

彼は島の人々に感謝しつつ、沖を目指した。


久しぶりに体に受ける外洋のうねりは恐ろしかった。操船を忘れたわけではないが、波に呑まれそうになってひやりとする。漁を日課にしていたものの、やはり島の近くと外洋では波の荒さが違う。海水が重い塊となり、周囲からぶつかってくるのがわかった。小舟を牽引しているので水流が乱れ、よけいに重く感じられるのだ。

島が完全に見えなくなっても、老人は帆走をやめなかった。夕刻の少し前になってから、ようやく帆をおろした。

日没前に海中に入り、小舟に乗り移って、水槽の蓋をあけてルーシィの様子を見た。ルーシィは槽内でおとなしく丸まっていた。怯《おび》えているふうではなく、弱ったようにも見えない。彼は腰の袋に収めていた干物をちぎって、ルーシィの口許へ持っていった。海獣は鼻を鳴らしながら嚙みつき、呑み込んだ。じゅうぶんに食べさせたあと、ポンプで槽内の海水を抜き、新しい海水と入れ替えた。蓋を閉じ、また海へ飛び込んでヨットへ戻る。

空の色は見るまに変わっていった。洋上で眺める日没の輝きは島で見るよりも鮮やかで、まなこに鋭く突き刺さった。自分は、やはり海を放浪する者なのだと実感した。一ヶ所には留まれないのだ。果てしなく流れ続けるのが自分の宿命だ。

老人は甲板で食事を摂った。できるだけ長く航海を続けたいので、ごく少量だけ口にする。そもそも、歳をとってからはあまり食欲がなかった。これが尽きたときが旅の終わりだ。

夕陽が水平線の向こうへ消えると、彼は船室でしばらくのあいだ眠った。

早朝に目覚めたとき、頭は気持ちよく冴えていた。これほど心地よい目覚めは久しぶりだ。

船室から出た老人は、まだ星が残る暗い空を見あげた。視界を遮るものがない場所で星を眺めると、自分の体が夜空へ吸いあげられていくように感じる。死んだら空へ昇っていくというイメージは、毎日見てきたこの光景から生まれたものかもしれない。

腹は減っていなかった。水をひとくちだけ含んだ。それだけで満足だった。

星がまだ煌めいているうちからヨットを動かした。一日進んだ程度では、ルーシィは海流に乗って、あの島へ戻ってしまうだろう。潮の流れを読み、戻れぬ場所まで連れていくのだ。それはまだまだ先だ。

幸い、嵐にも遭遇せず、さらに三日をかけてヨットを走らせた。

五日目の夕方、ヨットの帆をおろし、小舟へ移って餌を与えようとしたとき、ルーシィが突然跳ねた。小舟が転覆しそうなほどの揺れに見舞われ、老人は思わず船縁をつかんで体を支えた。

体力が戻ったせいで、水槽の狭さが煩わしくなったのだろう。そろそろ海へ戻してやる時期か。

水槽内に腕を差し入れ、老人はルーシィを抱きあげた。ずっしりと重い体が、危機を察したのか強く身をくねらせ、鰭で何度も老人の体を叩いた。あまりに激しく暴れるので、とうとう、乱暴に波間へ投げ捨てるしかなかった。大きな水飛沫《みずしぶき》があがり、ルーシィの姿はすぐに見えなくなった。

老人はほっとして水槽から海水を抜き、ヨットへ戻った。

目的がひとつ片づき、先を急ぐ必要もなくなった。船縁に座って、しばらく、のんびりと呆けていた。

　すると何かが船底を叩いた。体をひねり海面へ身を乗り出してみると、波間にルーシィの影が見えた。ルーシィは海面下を行ったり来たりして、やがて、頭だけを上へ突き出した。

「何をやってるんだ」言葉が通じるわけでもないのに、老人は思わず声をあげた。「おまえはもう自由だ。どこへでも好きなところへ行け」

　ルーシィは何も聞こえないかのように海中を往復している。しばらくすると姿を消した。

　老人は夕陽を眺めながら食事をし、水を飲み、船室へ戻るとまた早々と寝入った。

　明け方、ヨットを動かそうとすると、海面下にまだルーシィが留まっているのが見えた。餌をやり続けたことが災いしたのか。この個体は、人から餌をもらえると思って、ずっとついてくるつもりかもしれない。

　何も与えずにヨットを進めればあきらめるだろうと思いながら、老人はロープを引いた。帆をあげ、夜明けの冷たい風をつかまえた。ジャイロスコープの動きを確認し、舵の柄を押す。

　ヨットが走り出しても、ルーシィはあとを追ってきた。船尾から背中の色がよく見えた。すぐに引き離せると思ったが、なかなかあきらめない。イルカを思わせる結構な速度でついてくる。

追いかけたいなら好きにすればいい。だが、餌はもうないのだ。自分で獲ってもらうしかなく、こちらについてくると生存に不利になることは、いずれわかるはずだ。

昼頃、風の強さが変わってヨットの速度が落ちてくると、海をよく観察できるようになった。目を凝らしてみたが波間にルーシィの姿はなかった。やっとあきらめてどこかへ去ったと見える。

ほっとしてヨットを進め、夕方、帆をおろした。食事を摂り、水を飲み、すぐに眠る。

朝、船室から外へ出て海を見て驚いた。ルーシィが波間を漂っている。

「どうやってついてきた」

また声をかけてしまった。ルーシィは何も答えない。ただ、老人の言葉に反応したのか、海面に頭を出して甲高い声を放った。

ヨットは昨日かなりの速度を出して走った。見失わずに追うのは大変だったはずだ。餌も獲らずに追い続けたのか。あるいは、いったん休憩して腹を膨らませ、それから再び泳ぎ出したのか。だとすれば、この広大な外洋で何を目印に航跡をたどったのだろう。魚舟と同じく嗅覚が極端に鋭いのか。

「一緒に来ても何もいいことはないぞ」

ルーシィは己の存在を誇示するように、ヨットの周囲をぐるぐると回った。

そんなふうにされても一緒にいてやる義理はない。

　老人は昨日と同じく、ルーシィを無視することにした。

　ルーシィは平然とついてきた。その姿はとても楽しそうに見えた。ときどき、からかうようにヨットに体当たりしてくる。

「やめろ」老人は操船用のロープを握ったまま、海に身を乗り出して怒鳴った。「船が壊れる。こいつはボロいんだ」

　修理は施してあるが古い船だ。全力でぶつかられたら何が起きるかわからない。

「ついてくるなら、おとなしくついてこい」

　老人がいくら懇願しても、ルーシィはヨットへの接触を繰り返した。

　仕方がないので、ヨットと自分をロープでつないだうえで老人は海へ飛び込んだ。直接、叩いたり驚かしたりして、ルーシィをおとなしくさせるしかないようだ。

　強く光が射し込む領域を、ルーシィが悠々と泳いでいた。

　大きな尾鰭と胸鰭の動かし方は、最初の出会いで連想した通りジュゴンに似ている。手で触ろうとすると、イルカのような素早さで遠ざかった。体型から考えると意外なほどに速い。これなら難なく船を追えるかもしれない。

　長いあいだ、ふたりは海中でお互いを追いかけ合った。まるで、繁殖期の生きものが、めあての相手を追うように。老人は、いい加減くたびれたところで浮上しようとしたが、そのときルーシィが自ら彼の懐へ飛び込んできた。

ルーシィは胸鰭で挟み込むようにして、老人をゆっくりと抱擁した。抱いたといっても腹側がでっぱった体型なので、人間同士のようにぎゅっと抱きしめることはできない。ふんわりと体の両側から鰭で挟んだ程度だ。それでも老人は、何かどきりとするものを感じた。知性があるとは知らされていたが、この生きものが人間と変わらぬ感情を持っているかもしれないと思うと、少しだけぞっとした。あまりにも人間離れしたルーシィの容姿は、ヒトの美しさの基準では計れないものだ。自分たちが死に絶えたあと、これが海の底で何百年も生き続け、新たな人類になるのだとは――。自分の想像を遥かに超えた話である。

老人は海面へ向かって浮上し、波間に頭を出した。大気の神が支配する世界は、音に満ちた海中と違い、ひっそりとしていた。そして暑かった。ヨットの縁をつかんで甲板へ飛びあがると、老人は再びルーシィの体の感触を思い出し、身を震わせた。

人魚、という言葉が頭に浮かんだ。海獣よりは人魚、伝説の生きものだ。ルーシィほど、その呼び方が似合う存在もいるまい。

老人は翌日からもヨットを進めた。ルーシィは、やはりあとをついてきた。

二日後、老人は波の彼方に馴染み深い集団を見つけた。魚舟船団、海上民のコミュニティだ。老人が人生の大半を過ごした場所である。

遠くから眺めるだけでは先方の性質はわからない。海上強盗団《シガテラ》なら避けるべきだ。盗られて困るものは皆無だが、せっかくここまで連れてきたルーシィを、殺されたり食料にされたりするのは気分が悪い。食料を分けてくれと頼まれても応じられないし、それを理由に殺されるのもごめんだ。死に方は自分で選びたい。

老人は少し考え込んだのち、船団と距離を置くことにした。が、ルーシィはヨットから離れて、船団に向かって突き進んでいった。

いったい何を考えているのか。好奇心だけで行動しているなら、生きものとしての知能を疑うレベルだ。

一瞬、これを機会にルーシィと別れようかと思ったが、どういうわけか体が動かなかった。波を切り裂き進んでいくルーシィから目をそらせない。

老人はロープを引き、風をつかまえて進路を変えた。

ルーシィを追って船団へ近づいていった。

船団の全体像が徐々に見えてきた。間近まで寄ったところで、老人は目を見張った。船団員の大半が彼と同じく老人だった。若者や子供がいない。中年の男女は少しいる。

船団の意図に気づき、老人は警戒心をゆるめた。

こちらの接近を知った先方も、腕の動きで、敵意がないことを示す信号を送ってきた。

そのとき、魚舟の周囲で何かが跳ねた。イルカか大型の魚と思ったが、すぐに違うとわかり、老人は再び驚いた。ルーシィが、なぜこの船団を目指したのかようやく納得した。仲間だ。ルーシィの仲間がいる。それも大勢。ルーシィは、その匂いにひきつけられて船団に向かったのだろう。

声が聞こえるところまで接近すると、船団員が、こちらへあがってこないかと言ってくれた。「よその海から来たのであれば様子を聞かせてほしい」と。

彼はすぐに承知した。無人になるヨットが潮に流されないように、船団が牽引していた人工藻礁にアンカーを打ち、手招きしてくれた者がいる魚舟まで泳いでいった。

魚舟の外皮に吊された梯子を登り、上甲板にあがる。

老人は船団員たちに挨拶し、迎え入れてくれたことに礼を述べた。オサにお目にかかりたいと申し出ると、この船団にはオサはいないと言われた。

オサがいなくても船団を維持できるのかと訊ねると、別になんの問題もないと彼らは答えた。

ただ、当然ながら、それぞれの舟に持ち主はいる。この舟の持ち主に挨拶を、と促されたので老人はすぐに承知した。

ハッチが開かれ、上甲板から居住殻へ続く長い階段が露わになった。住人の案内で、彼は階段を降りていった。陽に炙《あぶ》られた熱い大気が、魚舟の内部へ入った瞬間に、すっと冷える。

階段を降りた先には、老いた女性がひとり待っていた。干し果実のように皺だらけで、動きもゆるやかだが、両眼には生き生きとした輝きがある。どの海域でも通じる共通語を操って、はきはきと喋った。彼は名を訊ねられたが、自分は死にゆく者だからという理由で教えなかった。彼女はうなずき、では、私も名乗らないでおきましょうと言った。我々も死出の旅に出た船団ですからと。

彼は訊ねた。「この船団には若い世代がいないようですが――」

「若い世代は赤道付近の海上都市へ移住しました。我々は、都市での生活を選ばなかった世代なのです」

〈大異変〉の到来に備えて海上民を保護するために造られた海上都市、マルガリータ・コリエ――。かつて老人は、そこに移住した海上民を蔑《さげす》んでいた。海上民が海の文化を捨て、陸の民族と同化したと憤ったのだ。その都市は海上民が自ら造ったものではなく、陸側から提供されたものだった。魚舟との暮らしを捨て、陸上民が作った服を着て、陸の文化を基準に生きれば、それはもう海上民ではない。学業や仕事を覚えるために一時的に陸で暮らすこととは根本から違うのだ。

彼は目の前の女性に親近感を持った。やはり、自分たちの世代は陸の文化とは馴染めないのだ。子供たちにはしあわせになってほしいし、自由な選択があっていいが、自分たちの中にある海を求める血は何があっても消しようがない。陸側の人間が、どれほど心をこめて都市生活を勧めてくれても、魂が拒否してしまうのだ。

「お気持ち、よくわかります」と彼は言った。「では、このまま、あてもなく流れていくのですか。世界が終わるその日まで」

「はい。もともと、海上民は、流れ流れて生きていく民族でしょう。怖くも寂しくもありません。老人世代は、もう少し経てば静かに消えていく。賛同した中年世代も同じです」

「なるほど」

「あなたも同じ覚悟をされたのでしょう。もしよろしければ、我々と一緒に進みませんか。ひとり増えるぐらい、どうということはありません。あなたも、ルーシィを連れておられたし」

「私はひとりで行くと決めていますので。それよりも、この船団には、なぜルーシィが集まっているのですか」

「あれは群れからはぐれた者です。迷っていたのでひろいました。そのような個体が、この海域にはたくさん漂っている」

「やはり」

「ルーシィは深海で棲息するはずの新しい人類ですが、なぜか海の底に適応できない個体がいるようです。そういう一団が海の底から浮いてきて彷徨っている。自然界の環境は多様ですからね。実験室で想定していたようにはゆかないのでしょう。彼女たちは、いまは海棲生物としての知能が勝っていますが、このまま海の上層に適応すれば、早々と人類としての知能が発現し、文化も創ろうとするかもしれません」

「あの姿でも、海の民であることに変わりはないのですね」

「はい。魚舟や獣舟が我々と分かちがたい存在であるように、ルーシィもまた同じです。受け入れてやれば、あてのない漂流の中でも心が安まります」

「食べ物はどうしているんですか」

「ルーシィは勝手に海底の中で探して食べ、戻ってくるようです」

「私が連れていた個体もそうでした。自力で食べ物を見つける能力があり、仲間も大勢いるなら、なぜ、皆さんの船団と一緒に行くのでしょうか」

「本当は〈プルームの冬〉が終わったあとに発達するはずの二番目の脳が、なんらかの理由で、いま目覚めてしまったのではないでしょうか。海中には、巨大ウイルスやリ・クリテイシャス初期の分子機械が、うようよしていますからね。それが変異の引き金になってしまったのかも」

ということは、自分が連れてきたルーシィは、海棲生物であるだけでなく、既にヒトとしての思考で自分たちを見ていたのか？　あの島の人間に対しても、自分と同じ生きものと認識していたのだろうか。人間の言葉を喋れずそれを伝える手段がなくても――最初から、自分も人間のつもりだったのか。あの島の人々に受け入れてもらいたくて、浜辺まであがってきたのだろうか。伝説の人魚の物語そのままに。

背筋がぞくりとした。ルーシィが新しい人類だという知識はあっても、その内面を、このように捉えたことはなかった。こう言われてしまうと、もはや、自分と違うものとは思えない。

彼は言った。「私はひとりで行きたいので、ルーシィをあずけてもよろしいでしょうか。仲間と一緒にいるほうが楽しいはずですし、安心できるでしょう」

「構いませんよ。引き受けましょう。お話を聞かせて頂いた御礼に、わずかですが干物を差しあげます。持っていって下さい」

「いや、お気づかいなく」

「うちは人工藻礁で貝や海藻が獲れますから。遠慮しないで下さい」

「申し訳ありません。船団で食べるものを――」

「これも何かのご縁ですから。ご機嫌よう、という挨拶も、いまの時代には何か奇妙な気がしますが」

「まあ、死ぬまでは元気なわけですから」彼は少しだけ笑った。「別に、おかしな言い方でもない」


ヨットのアンカーを巻きあげ、人工藻礁から離れる。遠のいていく船団を見つめながら、老人は、ほっとしていた。ルーシィに仲間を見つけてやれてよかった。やはり、ひとりのほうが気楽でいい。あいつの面倒をみるのは結構気をつかう。

帆が風を孕《はら》み、握りしめたロープに強い力がかかった。ヨットの速度が、ぐんとあがる。飛ぶような勢いで走り始めた。風が続く限り、体力が続く限り、誰とも関わらずにひとりで生きて死んでいく。それはとても心地よい生き方なのだ。

陽が水平線の向こうにかかった頃、彼はいったんロープから手を離した。久しぶりに他人と会って喋ったせいか、気怠《けだる》い疲労感があった。

日没を眺めながら、貝の干物を食べ、水を飲んだ。金色に煌めく波を見ていたとき、船縁で聴き慣れた鳴き声が鋭く響いた。

啞然として駆け寄ると、あのルーシィの姿が見えた。戻ってきてしまったのだ。老人のヨットが船団から離れたのを見て、すぐに追いかけてきたのかもしれない。

「なぜついてきた。あそこなら仲間もいるのに」

怒鳴りつけてもルーシィは平然としていた。いや、きょとんとしているのか。人の言葉はわかっても、複雑な意味を理解できるほどには、まだ脳が発達していないのだろうか。つぶらな瞳で、じっと、こちらを見つめている。どこまでもついていくのが当然だと言いたげな表情だ。

ああ、そうなのか――と思い至った。

おれはおまえを外洋へ返してやるつもりで連れてきたが、おまえは島を出発したときから、どこまでも、おれと一緒に旅をする気だったのだな。

それが楽しいのだな。何かの遊びのように楽しいのだな。

遊ぶことが楽しくて仕方がないのは、知性を持っている証拠だ。

わかった。では、どこまでもついてこい。

彼はルーシィと共に海を進み続けた。行き先はなく、帰る場所もない。したがって急ぎはしない。ただ、外洋にいれば、飛ぶようにヨットを走らせてみたくなる。全速力を出すと、ルーシィは負けじとついてきた。疲れを知らぬ生きものだ。

ルーシィが海の底で食事を摂っているあいだ、老人はヨットを止め、そこから動かなかった。少し前、彼自身の食料の備蓄は尽きていた。船団でもらった貝の干物と海藻も食べ尽くし、いまは水を飲んでいるだけだ。

体は軽く、爽快だった。だが、死が刻々と近づいていることは自分でもよくわかった。この心地よさは、生命の炎が燃え尽きる直前の最後の輝きだ。炎がしぼむとき、自分の命は静かに消えるだろう。あと、もう少しなのだ。

甲板に横たわり、夜空の星を眺めながら老人はじっと考えた。ヨットの上で死ぬわけにはいかない。たとえ誰にも見つからなくても、甲板で腐った遺体をさらし、ここで骨になるのは恥ずかしい。死ぬときは自分で選ぼう。やり方はもう決めてある。

翌日、陽が昇り、再びヨットを動かそうとしたとき、老人は海へ出てから初めて激しい眩暈に襲われた。甲板で足を滑らせ、船縁でしたたかに頭を打った。痛いという感覚が来るよりも先に、一瞬ですべてが暗闇に呑み込まれた。

意識が戻ってきたとき、太陽はもう南中していた。眩暈はまだひどく、頭を少し動かすだけで周囲の光景が回って見えた。猛烈な吐き気に襲われたが、胃に何もないので吐きようがなかった。右耳の少し上が拍動するように痛む。掌《てのひら》で触れてみると、粘りけを帯びた血がべっとりとついた。

既に、立ちあがる気力もなかった。

なんとか上半身を起こし、船縁にもたれかかる。

頭だけでなく、右側の足首も痛かった。捻挫したようだ。なんとも無様な転び方をしたものだ。

頭部の裂傷がどれほどのものなのか、もはや自分では確認できず、確認する気もなかった。キャビンには医薬品があるが、いまさら使う必要もないだろう。医者が自分の不注意で怪我をし、手当もせずに横たわっているのは滑稽だったが、こういう人生の終わり方も悪くない。

島を出てから、一度も、海上強盗団に遭遇しなかった。たちの悪い人間と巡り合うことも。

この航海で、誰も殺さずに済んだことを、老人は心の底から感謝していた。若い頃は、海にいれば必ず誰かを殺していた。陸上民を殺し、制御化獣舟《シーエヌ》を殺し、海上強盗団を殺した。いったい何人殺したのか勘定できないほどだ。こちらも仲間を大勢殺された。だが、今回は、そんなものを目にしなくて済んだ。

ときどき、海からルーシィが鳴く声が聞こえた。呼ばれているのはわかったが、立ちあがったが最後、本当に動けなくなる可能性が高い。残りわずかな体力を、老人は温存していた。最後の行動をとるための、大切な力なのだから。

西の空が赤く染まり始めた頃、彼は船縁を両手でつかみ、最後の力を振り絞って立ちあがった。

水平線に落ちていく歪《いびつ》な金色の円盤は、いつもと変わらぬ煌めきを海面に放っていた。無数の魚が輝きながら波間で跳ね回っているような光景は、いくら眺めても飽きることがない。じっと見つめていると、また目が回り始めた。もはや限界なのだ。

老人は船縁から海面へ身を乗り出した。視線の先にルーシィの頭があった。波間に浮かびながら、こちらをじっと見つめている。老人はそこへ向かって微笑みかけた。

「さようなら。おれはもうここで終わりのようだ。おれが死んだら、おまえはどこでも好きなところへ行くがいい。おれはいまから海の底を目指す。これからは、そこでずっと暮らす」

ルーシィは鋭く一声鳴いた。どういうつもりで返事をしたのかはわからない。だが、返事があったこと自体が彼の心を和ませた。

老人は、陸の人間が潜水するときに使う最も重いウェイトを腰に巻き付けた。首から吊した妻の遺骨を納めた容器を、左手でしっかりと握りしめる。そして、頭から海へ身を投げた。

温かい海水と細かい泡が老人の体を優しく包み込んだ。頭の傷に錐《きり》をもみこむような痛みが襲いかかったが、体が沈むにつれて痛覚は麻痺していった。足首の鈍痛も無感覚に変わった。足首から先がなくなったかのようだ。

海上民は血中や筋肉内に大量の酸素を保持できるので、海棲生物と同じく長時間潜っていられる。だから、海の底へ沈んでいくのも、まったく苦しくはなかった。水圧がかかり、体をしめつけ、やがて、どこかの時点で肺に大量の水が入っても、陸上民が溺れるときのような苦しさは覚えない。すっと意識を失って、眠りにつくように息絶えるはずだ。

海の底まで行けば、飢えた魚が彼の体を食うだろう。人間の形を失っていく過程は、とても惨《むご》たらしい有様だろうが、海鳥につつかれるよりはましに思えた。

暗い海の中、ふと気づけばルーシィがそばに寄り添っていた。もしかしたら、ルーシィもおれの死体を食うのだろうかと、ふと考えた。

それもいい。おまえが食べてくれるなら、おれはどこまでもおまえと一緒だ。

若い頃、嵐のときに〈朋〉を失った。自分の手で殺した制御化獣舟は、自分の〈朋〉だったかもしれないといまでも疑っている。なんにしても、まともに〈朋〉と暮らせない人生だった。

そんな自分に、なんの血の契約も交わしていないルーシィが付き従い、この死を見届けてくれるなら、結構、しあわせな最期ではないのか。

ならば食ってくれ。仲間や他の魚たちと共に。

この身のすべてを、海に生きる者たちに捧げよう。

意識が薄れつつあったが、少しも怖くはなかった。そのうち、落ちているのか昇っているのか、それすらわからなくなった。

海底へ沈んでいく感覚は、なぜか、空へ昇っていくようにも感じられた。深海の色は宇宙の色と同じだった。そのときようやく、以前何度か見た夢の印象は、ここにあったのだと思い至った。あの夢の中で、おれは宇宙へ昇っていたわけではなかったのだ。ひたすら海底へ向かって沈んでいたのだ。空の色に見えたのは海の色だったのだ。煌めく星に見えていたのはマリンスノーだ。そう、地獄へ堕ちていくわけでもない。自然の懐へ帰っていくだけだ。

ああ、やっと安心できる。ほっとする。これでやっと、ヒトであることをやめられる。

ヒトとしての在り方を捨てられる。そう思うと、心の底から喜びがこみあげた。
なぜならおれは長いあいだずっと――ヒトではなく、魚になりたかったんだからな。

# カレイドスコープ・キッス

# 1

私の家族が赤道海上都市群——通称、マルガリータ・コリエの第四都市《04》へ移住してきたのは、私が五歳のときだ。私は末娘で、上に、兄と姉がいる。ふたりには海で暮らしていた頃の記憶が鮮明にあるそうだが、私は海上民でありながら外洋のことをほとんど覚えていない。海上都市周辺しか知らない最初の都市型世代だ。

マルガリータ・シリーズは、陸上民が暮らす海上都市とは少し違う。構造の大半が海中に沈んでおり、氷山のように一部だけを海上にさらしている。つるりとした鶏卵みたいな外観で、海中で浮力を維持するタイプの都市だ。

ところでいま私は「氷山」や「鶏卵」といった言葉を使ったが、都市へ来るまでは、こういった言葉やそれが指し示すものの意味を何ひとつ知らなかった。

このような単語でマルガリータの外観を形容できるようになったのは、都市の学校へ通い始めてからだ。私の船団がもともと住んでいた海域は日本群島の近くだったので、氷山など流れてこない。日用品を売買する海上市《かいじょういち》では、鶏卵は取り引きされていなかった。魚の卵の塩漬けや油漬けならいくらでもあったが、鶏など未知の生物で、その卵など口にしたこともなかった。陸で使う単語や知識は、都市生活によって初めて得られたのだ。

マルガリータ・シリーズは全部で十基。私の家族が移住した頃には正式に稼働が始まっていた。落成式では華やかなパーティが催されたそうだが、家族は少し遅れて引っ越してきたので、当時のことは映像記録でしか知らない。

海上都市の周囲には浮き草に似た平らなフロートが展開され、都市とは細い橋でつながれている。非ヒト型自動機械が橋を通って荷物を運び、海上では連絡船が頻繁に行き交っていた。

フロートは生産工場だ。燃料藻類を育てる工場、病潮《やみしお》ワクチンの製造工場。海産物の養殖場は、大型魚や獣舟に襲われぬように密閉型を採用し、その外観は厚みのあるクッションに似ている。密閉空間ではあるが、太陽光や外気を取り込み、海水を循環させる装置を備えていた。併設された食料生産工場では海産物を加工し、炭水化物やビタミン類を含む人工食品を作る。両親の職場はそこだ。

陸上民は海上民に都市の管理方法を教え尽くしたら、ここから立ち去る予定だ。私たちが移り住んだ頃、都市は、もうかなりの部分が海上民に委ねられ、いつ〈大異変〉が訪れても大丈夫だと言われていた。

〈大異変〉とは何か。

それは、この世の終わりを招く災厄だという。大陸での大噴火から始まり、まず、大量の火山灰が地球全体を覆い尽くす。灰は成層圏まで舞いあがって空を覆い、太陽光を遮って、地球全体の寒冷化を引き起こす。陸が凍りつくだけでなく、海までもが数百メートルの深さまで凍るらしい。この現象は〈プルームの冬〉と呼ばれている。

マルガリータ・シリーズが降灰の影響を受けないように、陸上民はこの都市を海没式として設計した。この方式であれば都市の大半は海中にあり、火山灰をかぶる心配がない。海が凍りついたあとも、都市に併設される核融合発電装置が発する熱を海中に排出し、都市周辺の海水だけを液体のまま保たせることも可能だ。わずかでも液体の海を残せる意味は大きい。太陽光がなくても海洋生物を育てられるし、新たな食料生産場も作れる。

陸の政府からマルガリータへの移住を呼びかけられたとき、私の家族は迷わず移住申請を行ったという。だが、多くの海上民は移住申請など出さなかった。ずっと海で暮らしてきたので、陸上文化を受け入れるのが面倒だったせいもある。しかし、最大の理由は、魚舟の扱いをめぐって陸側と意見が食い違ったことだ。これは海上文化を揺るがす、とても大きな問題だった。

陸の政府は私の親世代にこう言った。「海上都市での出産を希望する場合には、魚舟を中絶することが条件である」と。

つまり、都市の医療施設では人間の子供だけを生かし、魚舟は処分する――この措置への承諾がほしいと望んだのだ。

大半の海上民は、この指示に動揺し、激怒した。海上都市に移住すれば、確かに〈大異変〉が来たときに助かる確率は高くなる。遠洋に住み続ければ死しかない。だが、それと引き換えに、魚舟を育てる文化を放棄せよとは――。

海上民は陸上民の科学技術によって生まれたが、いまでは民族として自立し、独自の文化とアイデンティティを持っている。魚舟との共生は最も重要な文化だ。それを捨てろと言われても、容易には受け入れられない。

勿論、陸側としても、これは深刻な問題だった。

魚舟を外洋に放置したまま海上民が海上都市へ移住すると、〈朋〉と巡り合えなかった魚舟は獣舟となる。飢えた獣舟たちは浜辺や海上都市へ上陸し、餌を探すようになるだろう。これは〈大異変〉の時代に生きる陸上民にとって大きな障害となる。

これを防ぐには、出産自体をあきらめさせるか、魚舟を生まれる前に殺すしかない。都市に住めば魚舟は必要ないのだから、いなくても困らないだろう——というのが陸上民の考え方だ。

魚舟が獣舟に変異すれば、どれほど危険で凶暴か。それは海上民もよく知っている。が、その命を人間の都合でどうこうするのは間違いだ——と考えるのが海の文化だ。魚舟をつくったのは人間だから、つくった以上、その変異種である獣舟の存在も許容すべきだ。海上民はそう考える。

汎アジア連合の海洋環境整備計画——実際には、陸側の命令を聞かない一部の海上民に対する虐殺計画——から逃れてきた私たちの船団は、赤道付近には、もともと居場所がなかった。こちらには先住の海上民が大勢いて、そこに北半球から難民が押し寄せたので、すぐに食糧問題と人間関係のトラブルが起きたのだ。

難民船団は赤道海域の先住民とよくもめていたので、両親たちは、安心して暮らせる場所をいつも求めていた。マルガリータ・コリエは、その救いとなるように思われた。だから、都市への移住にはとても期待をかけていたのだが、皆の前に立ちふさがったのが、この生殖と出産に関する問題だった。

私は生まれてから四年経っていたので、自分の魚舟は、とっくに海へ放流したあとだった。捜し出して処分することなどもう不可能だった。これでは移住申請は通らないだろうと、両親はあきらめかけたらしい。

もっとも、陸側は厳しい指示を出したものの、海上民に無理やり文化を捨てさせるのも問題があるとし、致命的な衝突は避けようとしていた。海上民が一致団結して暴動を起こせば大変なことになる。「魚舟を既に海へ放流し終えている家族でも、移住申請は受け付ける」とあらためて再告知したという。

おかげで私の家族は、無事に第四都市へ移住できた。

魚舟に関してあきらめがつくまで、母と同世代の出産適齢期にあった女性たちは、何日も悩み続け、ときには心身症になるほど苦しんで、それぞれの結論を出したらしい。

当然だろう。

〈大異変〉が来なければ、ずっと海で暮らし、都市生活など知ることもなかった人々だ。簡単に答えを出せるはずはない。

魚舟を堕胎する方法は、当時、既にさまざまな形で確立されていた。

妊娠初期には服薬が効果的だった。魚舟の体細胞組織を標的とする薬剤で、魚舟の生育だけを阻害するのだ。死んだ魚舟の組織はしぼんで胎盤に吸収されるので、出産時に生まれてくるのはヒトの赤ん坊だけとなる。

胎児が既に育ちきっていた場合には、人間の胎児だけをとりあげ、魚舟はその場で薬殺したそうだ。母親は、生まれたばかりの赤ん坊の顔は見られたが、魚舟はすぐに外へ運び出され、その姿を見ることは許されなかった。

海上都市で暮らすための必須条件だったとはいえ、これらの選択は母体に深いところで精神的な傷を負わせた――という記録が数多く残っている。不妊薬は男女双方に配られたそうだが、海上社会では受胎するのは常に女性側だったので、命の選別は、女性にかかる負担のほうが大きくなってしまったのだ。

こういう残酷な措置は、時間の経過と共に徐々に減っていった。人工子宮を使って子供を得る権利が、やがて、陸上民と同じように海上民にも認められたのだ。子供がほしい海上民は、陸上民と同じく市役所に申し出ると、都市が定める回数分だけ人工子宮を使えるようになった。この技術は、精子と卵子を受精させるのではなく、両親の遺伝子情報を人工胚に注入する方式であったため、異性間だけでなく同性間でも子供を得られた。海上社会でも同性同士で暮らす者はおり、それには異性愛と同じ価値が認められていたが、海には陸と同じレベルの最先端技術がなかったので、子供がほしい同性パートナーは養子をとるのが普通だった。したがってこの技術は、親世代にとって最も衝撃的な出来事であったという。

こんな感じで、都市で生きていくためには、すべてを陸上民の生活様式に変えねばならなかった。衣服や食べ物、住居の形、陸上文化で通用する世界言語の習得などなど。海の文化を捨てて、陸の文化に切り替える過程で起きた悲喜劇は、さまざまな語り草となって下の世代に伝えられている。

意外にも、親世代は、自分たちで想像していた以上に、短期間で陸の倫理観に慣れてしまったらしい。

人工子宮で子供を得た親たちは、あまりの簡単さに拍子抜けしたそうだ。こんな方法をとったら子供に愛情を持てない気がする、異常な子供に育ってしまうのではないか、と心配が絶えなかったそうだが、「受取日」に赤ん坊をもらった親たちは、すぐさま赤ん坊の愛らしさに夢中になった。自然出産していた世代と同じように、満足感を得られたのだ。人工子宮による出産を申請した翌日から、ふたりは頻繁に育児に関するレクチャーを病院で受け、適切な育児を行えるべく精神を安定させる薬を投与されていた。この薬剤の効きは覿面《てきめん》で、当事者の不安を簡単に吹き飛ばしてしまったのだ。

人間の精神は、脳と身体の化学反応から生まれてくる。そこを、ほんの少しだけ医療が手伝ってやると致命的な悲劇を防げる。海没式の都市は閉鎖空間なので、薬物によって精神の安定をはかることは当初から計画されていたという。育児の件に留まらず、あらゆるストレスを退ける措置が、〈大異変〉に備えるひとつの手段として認められていたようだ。

　ところで、私には兄姉がいるが弟妹はいない。

　私の両親は、第四都市への移住についての諸々を受け入れたものの、許容するのが無理な部分もあったのか、私のあとには子供をもうけなかったのだ。

　それは海上民としての、最後の誇りだったのかもしれない。

## 2

　このような育ち方をしたので、私には、自分が海上民だという自覚があまりなかった。

　幼い頃の海上生活の印象は、ぼんやりとある。何かの拍子に、ふわっと意識にのぼってくる。風の匂いや海水の味などだ。うっすらと浮かぶが具体的な記憶ではない。曖昧な感覚だけが甦《よみがえ》る。

　ベッドの中で見る夢は朝になると消えてしまうが、それに似ていた。一瞬懐かしい気分が残るだけで、素早く駆け抜ける風のように、すぐに意識から消えていく。

　大人たちは外洋の自由さを忘れがたかったようで、そんな気分を解消すべく、都市には海水プールが付属していた。危険な海洋生物の侵入を退けるために、外洋とのあいだに高い壁をもうけたプールだ。外気を吸って泳ぎたいとき大人たちはここへ出かけた。青空を眺めながら泳ぐのは気持ちいいので、私もよくそれについていった。

海水プールで遊んでいると、壁の向こうから、しばしば不思議な音が聞こえた。ヒトの歌声や獣の咆哮《ほうこう》のようでもあり、ときには管楽器の響きにも似ていた。

あれは何かと両親に訊ねると、魚舟を覚えているかと問われた。魚舟の上で暮らし、居住殻の中で暮らしていたときのことを、と。

私は首を左右に振った。

何も覚えていない。何ひとつ。

プールを囲む外壁には、背の高い展望台がひとつ置かれていた。それに登れば壁の向こうを見られると教えられた。安全性の問題から、展望台は最上部が透明な強化樹脂で覆われており、そこでは外気を感じることはできないが、三百六十度の視界を確保できるのだった。

私は叔母に連れられてここへ登り、初めて、都市の周囲に広がる海のすべてを目の当たりにした。

海と空とのあいだに境界線があることを知った。どこまでも続く青く平らな場所のあちこちに船らしきものが浮かび、甲板を人が行き来していた。また、その船と同じ色をした巨大な何かが、ときどき海中に潜ったり、浮きあがったりしていた。

何が起きているのかはっきりと見たくて、私は据え置き型の双眼鏡の台に登った。叔母が機械を操作してくれた。

接眼レンズをのぞき込むと、電子機器が作動する微かなうなりが聞こえ、視界のピントが合った。大気中の水分や微粒子による乱反射で歪《ゆが》んだ景色が、デジタル処理で補正されてクリアになる。それでようやく、船だと思っていたものが巨大な生きものだったことを知った。大型の鯨《くじら》のような生物の背中に人がいて、そこを自由に歩き回っていたのだ。私は頭の中が混乱するほどの衝撃を受けた。

あれが魚舟よと叔母は言った。「少し前まで、私たちもあそこで暮らしていたの」

「あれが潜ったら、人間は、みんな流されてしまうよ」

「大丈夫。魚舟の外骨格の中には広い空洞があって、魚舟が潜る前に、人はそこへ移動する。屋形船はわかる？　甲板上に小屋がある船。ときどき、船団が曳航《えいこう》しているでしょう？」

「うん」

「あれが魚舟の背中と一体化している様子を想像して。私たちは魚舟の体内を住み処にししくなる」

て、海を渡っていく民族だった」

「変なの。魚の中に住むなんて、体が魚臭くならない？」

「居住殻の中では、いつも香を焚いていた。荘厳ないい香りだった。思い出すたびに懐かしくなる」

「ここでも焚けばいいのに」

「空調に負担がかかるから、だめなんだって」

「へぇ——」

展望台からは魚舟の背中しか見えなかったので、家へ帰ったあと、自宅のホームシステムに命じて魚舟の全体画像を映してもらった。その大きな体や複雑に絡み合う模様に、なんと驚異的な生きものかと溜め息が洩れた。電子図鑑を呼び出すと魚舟の図解が表示された。なるほど。この造りは確かに屋形船と同じだ。

それにしても、生きものの遺伝子をいじって人間に都合のいい形に変えてしまうなんて、陸上民はちょっと変なのではないかとも感じた。ひどいとか悪いという意味ではない。魚を変えられるなら、人間だって変えられるだろうと直観したのだ。実際、海上民の体もそうやってつくられたことを、のちに私は知った。そのときに恐怖や驚愕をあまり感じなかったのは、魚舟の美しさに感動していたせいかもしれない。こんなにかっこいい生きものが存在するなら、むしろ自分も、陸上民の技術で魚に変身して生きるのもいいなあとすら考えたのだ。無邪気な子供の発想だったとはいえ、当時は、とんでもない想いに浸っていたものだ。

海上民なのに魚舟を知らなかったことを――いや、まったく覚えていないことについては、自分でも腑に落ちなかった。こんなすごい生きものを忘れてしまうなんてあり得ない。もしかしたら自分は、マルガリータに移住したときに、記憶を消す薬を投与されたのではないかとふと思った。陸上民の医学では、さまざまな薬剤が使われる。海上民の想像を超える薬がたくさんある。幼少期の記憶を消してしまう薬があっても不思議ではない。それぐらい、私の四歳以前は何もかもぼんやりとしていた。

七歳の誕生日。

陸上民の子供に遅れること二年目にして、私はアシスタント知性体の保有をマルガリータの管理局に申し込んだ。これは、ホームシステム以上に便利な道具で、学習機能を使いこなせば、人間の心の友になってくれるという優れものだった。

海上社会にはない道具だ。海上民も無線通信機を使うが、陸上民のワールドネットには、なかなか接続する機会を持てない。アシスタント知性体は、そういった作業もこなし、情報収集できる機能を持っているという。

マルガリータの海上民に、アシスタント知性体を持つ義務はなかった。希望者のみが購入するのだ。両親は持とうとしなかった。兄姉も嫌った。私だけが「ほしい」と主張した。自宅のホームシステムが便利で面白かったので、それ以上の機械知性にも興味がわいたのだ。

どきどきしながら到着を待った。

私のアシスタント知性体は、小さな箱に入ってやってきた。あけてみると銀色の腕輪と、耳の後ろに人工皮膚で貼り付ける小型送受信機が入っていた。アシスタントはこれを通して人間に声を伝え、人間の思考の一部をこれによって読み取る。腕輪にデータを入力して話しかけると、次第に人間のように話し始めると、電子マニュアルが教えてくれた。

名前は自由につけていい、あとでいくらでも変えられるからと言われ、しばし考え込んだのち、私は自分のアシスタントに「レオー」という名前をつけた。

声質は低めを選んだ。

少し前に、体験型メディアで冒険物語を鑑賞したのだが、私はあるキャラクターをとても気に入って、現実の世界でも彼と会話できたらいいなあ――と思ったのだ。

海で生活していれば、海上民にとっては魚舟という〈朋〉がいる。それ以外の相棒は必要ない。〈朋〉を得られなかった者でも、親族や親戚とは深く関わるから、やはり機械知性が入り込む余地はない。私は変わり者だったのだろう。

もっとも、私がもらったアシスタントは、ずいぶん簡素なものらしい。

資源が豊かだった時代、陸上民はアシスタント知性体を無線経由で使うだけでなく、等身大の人形《ボディ》と接続させ、そばに置いて仕えさせたという。

人間ではない存在が人間のような顔をして社会を闊歩していたとは、なんとも奇妙な雰囲気だったろう。つくりものめいた顔立ちや肌の色だったらしいが、それでも、相当に不思議な印象が社会に満ちていたのではないか。

いまは、世界中が〈大異変〉対策で資源不足に見舞われている。避難場所となる海上都市の改築や新設工事がものすごい勢いで進み、これに各種の資源が必要なのだ。生活用品の購入に対しても、政府から厳しい制限が出ていた。アシスタント知性体のボディもそのひとつだった。もともと高価なので買える人は限られていたが、本当に、ひと握りの裕福な人間しか使えなくなってしまった。

都市で生活する以上、情報端末は必需品だ。だが、アシスタントを載せていない機器でじゅうぶんなので、庶民は腕に巻くリスト端末で満足している。私がもらったアシスタント知性体も、外見はそれとまったく同じだった。目立たぬように、一般的な機器と外観を統一してあるのかもしれない。

私はさっそく腕輪を左腕につけ、レオーとお喋りした。説明書にこう書かれていたのだ。

『アシスタント知性体は、話しかければ話しかけるほどあなたのことを理解し、成長していきます。積極的に、あなたのことを教えてあげましょう』

最初のうち、レオーが発した言葉は、とても単純なものだった。

「こんにちは」

「はじめまして」

「あなたの名前を教えて下さい」

「ご家族の名前をフルネームで教えて下さい」

「好きなものはなんですか」

「苦手なものはなんですか」

「将来の夢はなんですか」

アンケートの質問事項じみた、感情のこもらない、ありきたりなやりとりだった。

それでも私は、自分だけの装置が手に入ったことに興奮して、飽きることなく語りかけた。一刻も早く、人間そっくりな会話を楽しみたかったのだ。

本当は、人間とアシスタント知性体との接続には、もっと複雑な仕組みがあるらしい。

人間の側が「副脳」と呼ばれる装置を頭蓋内に展開し、それとアシスタント知性体を接続して、一瞬で両者が意思疎通できるようにする――これが本来の使い方だ。そこまで深く接続すると、アシスタントは人間の精神状態まで管理できるので、とても便利な技術なのだ。

だが、私が購入できた機種は簡易タイプだから、ひたすら発声言語によって関係性を深めるしかなかった。

会話を重ねるうちに、レオーは心地よいタイミングで返事をするようになった。おおっ！　と私は躍りあがった。ここまで来ると、自分の耳の後ろに貼り付けた送受信機が、私が言葉にしないごく単純な思考や感情をひろって、レオーに送ることも可能になるのだ。簡単な思考なら、口に出さずとも読み取ってもらえるようになる。もっとも、どれだけがんばっても副脳を使うより情報量は少ないし、やりとりの速度も遅いのだが。

私はレオーに訊ねた。「ねえ、私も副脳がほしいよ。どうやったら手に入るの？」

「残念だが、あきらめたほうがいい」

「えーっ、どうして？」

「べらぼうにお金がかかるし、それに対応するには、私のほうもグレードアップする必要がある。この機器では性能が足りず、これ以上のものは、いまは陸上民でも手に入れるのが難しい」

「なんだ。できないことばっかりなの」

「最近は陸上民でも、若い世代は君と同じ機器を使っているよ。そのタイプの最も高価な機種でも、副脳を使うタイプのスペックにはとうてい及ばない」

説明されても、私はもどかしくてならなかった。もっと速く、もっと深く、レオーとつながってみたかった。

魚舟を持つ機会を永遠に失った私にとって、レオーは〈朋〉の代わりだった。一生、共に生きてくれる友人だ。

機械の性能には限界があることを、幼い私は、そのとき理解できなかった。

物語の中で奇跡が起きるように、ある日レオーが、颯爽と優秀なアシスタント知性体に変身して、てきぱきと仕事を手伝ってくれる――という夢すら見て、ひとりで、どきどきしていたのだ。

# 3

やがて私は、海上民の子供だけが入る学校に通うようになった。生徒は都市のあちこちから集まってきた。境遇はさまざまだった。つい先月まで外洋で魚舟と共に過ごしていた人。私と同じように幼少期に都市へ移住した人。マルガリータ生まれで魚舟をまったく知らない人。その中でも、陸上民の先端技術によって同性の親から生まれた人。

こんなに出自がばらけているのに、皆の印象はとても似通っていた。私たちは大家族の兄弟姉妹みたいに和気藹々《わきあいあい》と過ごした。学力差もあまり生じなかった。どうして最初からこんなに馴染みがよく、雰囲気が似通っていたのか、後年、私はその理由に思いあたって愕然とするのだが、それはまだ先の話だ。

さて、私には強い個性や特別な才能はなかったが、アシスタント知性体を持っていたので、皆から珍しがられた。見せて見せてと引っぱりだこになり、レオーは私の同級生相手との対話で多忙を極めた。

わが家では両親が反対しなかったのでアシスタント知性体を持てたが、「海上都市に住んでいても海上民としての誇りを失うな」と、陸の文化をいまでも嫌がる家庭はある。そのような家では、アシスタント知性体はおろか、ホームシステムすら使用禁止らしい。「うちの親は頭が固くって」と寂しげに笑う友人を見て、うちはずいぶんゆるいのだなと初めて知った。民族としての誇りって、なんなのだろう。どこまで陸の文化や技術を拒否すれば、誇りを守ったことになるのか。

レオーは、あとで私にこっそりと教えてくれた。「人それぞれだ。誰の親も責めてはいかんぞ」

「だって、みんな、あんなに機械知性が好きなのに」

「高価な機器だからな。お金の問題で買えない家庭もある。それを口に出せなくて、民族の話として説明する親だっているだろう。察してあげなさい」

「あっ、そうなのか」

「陸上民でもアシスタント知性体を使わない子はいるよ。情報収集と個人認証にはリスト端末があればいい。アシスタントに頼らなくても、じゅうぶんに生活できる」

「なんだか寂しいなあ。レオーは面白いのに」

「ありがとう。私も壊れるまで君のそばにいたいよ」

勉強がよくわからなかったり、友だちと喧嘩したり、学校行事で困ったりしたとき、レオーはいろいろと配慮して、よりよい方向へ誘導してくれた。私が自分から相談しなくても、耳の後ろのデバイスを経由して情動を読み取り、さりげなく、悩みに対するアドバイスを提示した。

レオーは機械知性だから、中途半端なことは言わなかった。「がんばれ」とか「心を強く持て」などといった、根拠のない精神論も口にしなかった。

何かトラブルが起きると、レオーはまず、そこへ至った経緯の説明を求めた。高性能のアシスタントと違ってすべてを記録しているわけではないので、そのつど私が事実関係を再言語化する必要があったのだ。

その際、私に客観的な事実のみを述べさせるのではなく、思いっきり感情的になるように勧めた。

これは私にとって、とても救いになった。これが単純な会話プログラムとは違う、人間のパートナーとなるべく作られた機械知性の、最大の特徴なのだった。

事情を聞き終えると、レオーは複数の対処方法を提示し、私がそれを「できるか、できないか」確認した。ときには何もしなくてもいいということや、時間を置いてチャンスを待つことも教えてくれた。それらは、実に合理的で現実的で、私の感情や尊厳を大切にするものだった。

そして、私が選択肢のすべてを拒否したときには、「では、この件は保留としておこう」と言い、自分からの働きかけをいったん停止するのだった。

また、私がレオーが示す以外の選択肢を提案し、これを選びたいと主張したときには、瞬時に、その行動で注意すべき点、引き起こされるかもしれない新たな問題について言及した。だが、行動そのものを止めることはほとんどなかった。

レオー曰く、その行動によって私自身が生命の危機にさらされるとか、その行動が他者の権利を侵害するものでない限り、積極的には止めないとのことだった。それは、行動によって私が失敗しても、その失敗自体をレオーがデータとして受けとめ、次の道に生かすためだった。そして、後年知ったのだが、人間側が強固な意思を持っている場合、アシスタント知性体には止められないことも多々あるようだ。

レオーの口調には、教師や年長者がとりがちなニュアンスがまったくなかった。唯一の正しい答えを知っているわけでもなく、質問に質問を重ね、私の本心を明らかにしようと努めた。

あまりにも丁寧にそれをやるので、まどろっこしくて苛々《いらいら》することもあったが、レオーは次第に最短距離を選べるようになり、人間の友だちと話しているみたいな滑らかな雰囲気に近づいてきた。

機械であるレオーが急速に賢くなっていく過程が不思議でならなかった。私もレオーのように効率よく賢くなりたかった。私がその方法について訊ねると、レオーは「ないない」とすげなく答えた。「人間は『効率』とは無縁の生きものだ。私みたいにはなれん」

「へぇ。だったら、いつかアシスタント知性体のほうが頭がよくなって、人間はそれに従うだけになるのかな」

「そんなことはなかろう。我々は自分の機能を自分で拡張できない。物質としての限界が思考の限界を規定する。個人としての人間がそうであるようにね」

「じゃあ、もし、機械が機械を自己複製できたら？」

「それはもう機械とは呼ばない気がするな」

「憧れる？　そういう在り方に」

「憧れとは人間が持つ感情だ。私には関係ない」

　こういうさっぱりとした反応は、物語の登場人物であったオリジナルのレオーとは、かなり異なる部分だ。物語の中のレオーは、虚構の人物であるがゆえにもっと人間性が誇張されていて、読者の感情移入を促すべく、心の動きが大袈裟かつ丁寧に描かれていた。私から見ると、それは兄よりもよくできた人物で、大人世代みたいな感受性の摩耗もなく、歴史上の英雄にありがちな傲慢さもない理想的な人物だった。熱い心を持った冒険者であり、そのいっぽうで、悲しみや悔しさによってすぐに涙をこぼす繊細な心を持った男でもあった。すぐに泣く男を見ると、父の世代は眉をひそめ、兄の世代でも人によっては極めて嫌そうな顔をするのだが、私はオリジナルのレオーのそういった性格がとても好きだった。かわいいとすら思った。現実の男たちがそれをどう思い、どれだけ嫌がろうが、私にとっては知ったことではなかった。

いっぽう、アシスタント知性体のレオーは、「私」という持ち主と交流することで、もとの物語のレオーとは大きくかけ離れた性質に育った。そもそも機械知性は泣かない。そういうことは知り得ないのだ。この点、ちょっと残念だったが、まあ仕方がないのである。涙とは無縁である代わりに、レオーは論理的な意味合いで優しかった。それは、人間の尊厳を守り続けるために機械知性に課された、最も重要なプログラムだった。

あの物語を作ったメーカーが、特定のアシスタント知性体にも本物のレオーの性格を設定していたら——それを私が入手できる機会があったら、状況はもう少し違っていただろう。いや、そうであってすら——私の運用によって、どんどん変わっていったかもしれない。それぐらい、アシスタント知性体の変化は子供の目から見ても独創的で、驚くべきレベルだった。それはレオーに接する私が、自身でわかっている以上に複雑な内面を持ち、それを表に出しているという意味でもあった。

物語の中のレオーは「男性」だったが、私は「自分のレオー」を、生物学的な意味での男性と考えたことはない。ボディが存在していたらどうだったか？　男性型のボディを与えていたら──逆に、女性型のボディにしていたら──。よくわからない。私にとって、レオーの本質には「形」がなかった。よく喋り、よく話を聴いてくれる腕輪型装置──。ヒトの形をとっていなくても、それでもヒトはその対象に感情移入し、大切に愛でるものだ。

その場合、ヒトは相手の何に惹かれているのだろう。知性や内面そのものに？　だとすれば素晴らしい話だ。性別も容姿も関係なく、純粋に相手の知性のみに惹かれるなんて。

思春期に入りつつあったので、レオーは、私のセクシュアリティについても、ずいぶん気づかってくれた。学校で好きな子ができたか、あるいは、世間で流通している娯楽の中に理想の恋人像を見出したか、などなど、さりげなく訊ねてきた。

私はレオーを男性とも女性とも思っていなかったので、気軽に、この種の会話を深められた。ときには、ずいぶん際どい表現を使って会話したこともある。

私はレオーに素直に打ち明けた。「世界の終わりが来るから魚舟を産んじゃだめだとか、人口調整のために政府が許可した人数分しか子供をつくれないとか──そういう時代に、誰かを好きになって家族を持つことに、何か意味があるとは思えないよ」

「うん。だが、自然に興味を持つ子もいるからね」

「私は興味ないなあ。子供をつくるといっても、自分とパートナーの遺伝子情報を病院に渡して、人工胚に注入してもらうだけでしょう。子供がほしい人だけがやればいい」

「成人するときに、政府に、正式に希望を提出する形になるんだが」

「とりあえず『何もいりません』でいいな。そう書いておく」

「それは、お母さんたちの苦労を知って得た結論かい」

「まあね」

「誰かと触れ合いたいとか、そういった欲望は」

「ない。世界の終わりを見るときにはひとりでいたい。誰かと一緒だと、よけいに悲しくなりそうな気がする」

「そういうものかね」

「他のみんなは違うのかな。やっぱり誰かと手を取り合って、世界が終わるところを見たいのかな。私だけが変？」

「人それぞれだから心配しなくていい」

「ありがとう。レオーがそう言ってくれるなら、私は安心できる」

　学校では、海上民の歴史を学ぶ授業が始まった。とはいっても、特段、深く触れたわけでない。扱いは驚くほど軽かった。

授業の大半は、海上都市で生活するための技術や、施設のメンテナンスに関する深い知識、そして〈大異変〉のあと、この閉鎖空間で、どうやって何も問題を起こさず、都市や人間関係を崩壊させずに生き延びるのかという部分に特化していた。〈大異変〉は何百年続くのか予想がつかない。場合によっては千年を超えるとも言われている。海上都市とは、たとえば宇宙基地、あるいは、長期航行する宇宙船のようなものなのだ。

私たちの民族の歴史なのに、簡単な説明だけで授業が終わってしまうのは、もう戻れない暮らしだからだ。海上都市で暮らし始めれば、海上民の文化は途絶える。いまはまだ、マルガリータの周辺を漂う船団との交流があり、民族としての知識は必要だろう。だが、〈大異変〉が来て外の船団が死に絶えれば、地球上では、もう誰も魚舟を使う暮らしをする者はいなくなる。私たちは記録の中だけの民族となるのだ。

もっと知りたい生徒は図書室を利用するように、と教師は言った。自主的に調べることは禁じられていなかった。

レオーに「図書室に行くかい?」と訊《き》かれて、

「そうだね。ちょっと興味あるかな」と私は答えた。「消えていくだけの文化だとしても、何も知らないのは怖いな。私の体は、いまでも海上民の男と愛を交わせば魚舟が生まれるんでしょう？　大人になったら、こっそり子供を産むことも可能だよね」

「もう少し経てば、君たちは不妊薬の投与を受ける予定だ。投薬を拒否するなら、君は子供を持つことを禁じられるか、第四都市からの退去を命じられるだろう」

「えっ、そうなの？」

「人工子宮を使うようになっても、人間たちは未だに、自分の体を使うことで他者との愛を確かめ合う習慣を保っているからね。妊娠は厳禁だが、体の触れ合いが消えたわけではない」

「子供を産む機能を捨てても、まだ、お互いの接触行為が必要なの？　コミュニケーション手段として？」

「そうだよ」

「めんどくさい！　昔ながらの接触式愛情確認行動なんて！　ねちゃねちゃのうにょうにょなんでしょう？」

「まあな」

「もっとスマートな方法はないの？　電脳でつながって、お互いの精神だけを愛でるとか」

「昔は可能だったが、〈大異変〉前の資源不足で、その種の技術提供はストップしている」

「うわー最低。〈大異変〉が来ないなら、私たち、もっと豊かな生活ができてたってこと？」

「そうだ」

「んもー〈大異変〉なんて来るな。絶対に来んな。天気予報だって外れるんだから、来なくてもいいよ！」

「好きな他人と触れ合いたいという感情は、人類にとって捨てるのが難しいもののひとつだ。人類は、そこを軸にあらゆるものを発展させてきた。単に生殖行為を尊ぶだけでなく、文化も芸術も日用品も、すべて他人との精神的交流を求めた結果生まれたのだ。君が、フィクションの登場人物になぞらえて私に名をつけたことも同じだ」

「そうなの？」

「虚構の存在を実在しているかのように愛でた結果、実在する私に君が望む名がついた。虚像が実在する何かに投影されたとき、人はそれを創作物と呼ぶ。創作行為の根源にあるのは愛だ、恋だ。その創作者が、現実の人間と恋愛に至ったことがあるか、現在、誰かを愛しているかどうかということは、創作物の値打ちとはなんの関係もない。世界一孤独な者が、誰もがうっとりする永遠の愛と美を描き出すこともあるのだ。わかるな？」

「わかる」

「だから、人工子宮で子供をつくれる現在でも、人間たちはお互いの体に触れながら、相手を愛でずにはいられない。恋も愛も見方によっては幻だ。しかし、現実に目の前に存在するものでもある。人間は幻と現実のはざまを生き、そこに意味を見出し、なんらかの形でそれが実在に変わることを渇望する。したがって、人間にはどうしても不妊措置が必要なのだ。子供や魚舟が自然に生まれてこないように」

「そこまで徹底的に管理するの？」

「黙っていて悪かったね。君がこの質問をしたときに、教えることになっていた」

「アシスタント知性体を持っていない子は、どうやって知るの？」

「保護者が教える」

「不妊薬って、絶対に飲まなきゃならないの？」

「選択の自由はある。さすがに、そこまで強制すると問題になるからね。ただ、陸の政府は、飲んでほしいと強く望んでいる。これ以上、魚舟を増やさないように」

「そうか。魚舟や獣舟って、陸側から見ると、そこまで迷惑で怖い存在なんだ」

「ああ」

「海上民の身体をつくったのは陸の技術よね。居住できる陸地が乏しいから、海に住める人間を産み出した。それを、〈大異変〉が来るから捨てて下さいって、すごい話だよ。海上民はたくさんのものを捨てるけれど、陸上民はどうなの。陸の文化を、どれぐらい捨ててくれるの？　まさか、海上民にだけ文化を捨てさせる気じゃないでしょうね」

「まあ、海上都市に閉じこもれば、陸上民も、かなりの利便性を犠牲にせざるを得ない」

「不妊薬を飲むのは女性だけ？」

「勿論、男性にも配布する」

「マルガリータに住んでいると、自分が、人間じゃなくなっていくような気がするよ——」

「新しい人間に変わるだけだ。そもそも〈プルームの冬〉のあいだだけの措置だ。冬を越えれば、また、以前の生活が戻ってくる」

「〈プルームの冬〉が終わる頃には、私はもう死んでるじゃん」

「薬を飲みたくないなら、投薬は先延ばしにできる。行動範囲の制限は受けるが」

「いいよ別に。薬ぐらい、いくらでも飲む。子供をつくるなんて、いまの時代には、しんどすぎるでしょう」

知っていなければ捨てることもできない。確かにあった事実として知っておきたい。それが歴史を学ぶという意味じゃないのか。海上民自身が学ばなければ、誰が私たちの歴史を記憶し、いつまでも覚えておいてくれるのだろうか。

陸から見れば、私たちの文化は、もう消えて当然のものだ。冒険物語の中の架空の国や文化みたいに。私たちの民族は何百年も海で暮らし、海で生きる知恵と文化を育んできたのに、これからはそれを、役に立たない古びた道具のように扱われる。マルガリータ・コリエの周辺には、まだその文化を生きている集団があるというのに。

私の両親は、昔から、海の話をよく聞かせてくれた。兄姉も自慢げに、自分らが知っている珊瑚礁や珍しい魚の話をした。

兄姉はともかくとして、両親にはおそらく、遠洋に対する愛着が残っていたに違いない。子供のために新しい文化を受け入れたものの、子供が自立し、自分たちも歳をとったのちには、他者に移住権を譲り、ここから出て行ってしまうことも、考えていたのではないかと感じることがあった。

学校で基礎教養を習得したのは三年間。残り四年は具体的な技術の習得にあてられた。あなたはこの都市でどう働きたいのか。どのような職種に就きたいのか。データを政府に提出しなければならないと、担任教師から告げられた。

その頃は、世界中が武装海上民のニュースでもちきりだった。彼らは陸上民の政策に積極的に反抗し、自ら武器を持ち、海上警備会社や各政府の海軍と交戦していたのだ。彼らは〈ラブカ〉と名乗り、その過激さにおいて、ただの海上強盗団《シガテラ》とは一線を画していた。汎アによるタグ無し海上民への攻撃や、〈大異変〉を前にしてこれまで以上に困窮し始めた海上社会を、陸上社会は見捨てる方向へ走りがちだ。この社会格差は、ラブカでなくても海上民なら許せるはずがない。口に出さずとも、ラブカを好意的に見ている海上民は、案外、多かったと思う。

潜水艇を使って魚雷攻撃までしかけるラブカは、陸側にとって、もはや看過できない存在だ。彼らはひとつの集団ではなく、海域ごとにグループを作って世界中の海に出没した。ときには川を遡行して陸の倉庫なども襲ったので、地球上のすべてが交戦地域・交戦海域になったと言ってもよい。

マルガリータ・コリエも、ラブカを支援しているのではないかと疑われたことがあった。が、市長たちが公式にこれを否定し、その場を乗り切った。

世間はこんなふうに騒がしかったが、私にとっては自分の進路が決まらないほうが問題だった。そこかしこの海で大勢の人間が死に、血まみれの闘争が繰り広げられているのに、私の目の前にあったのは就職の問題だった。

マルガリータに移住した海上民には「役割がない人」がいない。〈大異変〉に備えて、誰もがなんらかの役割を担い、都市と海域の機能の維持を求められている。つまり「不要な者をつくらない」態勢なのだ。都市内に住める人数は限られている。そして〈プルームの冬〉が来たあとは、外部からの人材補充は不可能だ。都市内の全員が管理知識を持ち、いざというときには都市を守らねばならない。無駄な人間を置く余裕はないらしい。

本当にそうなのかという疑問はあった。絶対に役割を持っていなければ存在してはいけない社会とは――。まあ、さすがに、幼児や病人や高齢者は対象外だろうが、それでもなんだか独特の息苦しさがある。

閉鎖型の海上都市が、とても特殊な環境であることは理解している。それを維持するためには、自然の中で暮らすような大雑把な考え方ではだめだということも。誰もが都市で役に立つ人でなければ、危機的状況下での社会を維持することはできず、少しでも士気が低下すれば、それは無用な差別やトラブルを呼び込むだろう。

だから私たちも卒業後は、必ず、なんらかの職に就くことになっていた。なんでもいいから、仕事ができる人間であることを証明しなければならなかった。

でも、私はいくら勉強しても、自分がどんな大人になればいいのか、さっぱり想像できなかった。レオーに相談しても答えを見出せなかった。

私がかつて所属していた船団は、外洋にいた頃、生活のために必要な漁をし、海産物や海洋資源を売ってお金に換えること以外は、あまり頓着しなかったという。典型的な海上生活者の暮らしだ。魚舟に乗って放浪し、歌って踊って、海に潜って楽しむ——そういうシンプルな生活で満足していたのだ。私もその血をひいたのか、海上都市できりきりと真面目に働く未来を、あまり鮮明にイメージできなかった。

それでも進路希望は提出せねばならない。困り果てた末に「なりたいものが見つかりません」と素直に教師に打ち明けた。

担任はよくできた人で、では、とりあえず、マルガリータ周辺海域の巡回を行う、保安《リン》員《カー》になってみてはどうかと勧めてくれた。

海上都市の周辺には、都市に移住しなかった海上民が漂って生活している。船団員の一部を海上都市に移住させ、自分たちは海に留まったのだ。大家族の中の新しい世代を都市へ送り、古い世代は魚舟に残った集団もあった。そのため、両者の交流は途切れず続いており、マルガリータ・コリエ周辺に魚舟船団がたむろする状態となったのだ。都市に居住する海上民のうち、リンカーの職に就いた者が、これらの船団の安全を見守っているのだという。

担任は私に訊ねた。「君は『いまの時代の家族』とは、どのようなものだと思う?」

質問の意図を把握しかねて、私は首をひねった。「両親と兄弟姉妹、ときには親戚も含めて。広義の意味では、所属する船団全体もひとつの家族でしょうか」

担任はうなずいた。「マルガリータに集まった人々は、都市の周囲を漂っている人も含めて、すべて『家族』と考えてはどうだろうか。全体をひとつの『船団』と受けとめれば、君が言ったように広義の家族と見なせる」

「はい」

「社会のために何かしようなんて考えるから、何をやっていいのかわからなくなる。家族のために何かするのだと考えれば、とてもわかりやすい。リンカーは『新しい時代の家族』を守る仕事だ」

「なるほど。ようするに、家族の面倒をみる雑用係と考えればいいわけですね」

「雑用だけでなく、もっと重要な仕事もあるがね」

マルガリータ周辺では、海上民相手に海上商人《ダックウィード》が交易を行っている。船団が密集しているので、病潮が発生する可能性も高い。南洋海域の連合が主導する形で、外洋公館が常に監視を続けていた。陸の人間が行くと反発されることも、仲間である海上民が説明すると素直に聞いてもらえるパターンが多いという。リンカーとは、つまり海の架橋者。陸と海とを結ぶ架け橋なのだ。民族と民族、人と人、人と資源、人とシステムを結びつける役割を担う仕事だ。

説明を聞いているうちに、自分でもやれそうな気がしてきた。「新しい時代の家族」という言葉が、私には、このうえなくしっくりときた。それに、しょっちゅう海へ出られる仕事なら、もし、両親が都市生活を捨てて海上へ戻ったとしても、いつでも会う機会を持てる。問題が起きれば助けることもできる。私たちの家族が置いてきた船団のメンバーにも、再び、頻繁に会えるのだ。

「じゃあ、これがいいです」私は担任に答えた。「リンカーになります。なり方を教えて下さい」

難しい理屈はいらない。

直感で正しいと思える道を進みたかった。

## 4

学校を卒業しても、ラブカによる海上闘争はまだ続いていた。交戦の規模は日に日に拡大し、いつ終わるとも知れぬ状態だった。

リンカーの事務所は、海上都市にある外洋公館の出先機関の下に置かれている。外洋公館や出先機関で働くのは陸上民だが、各事務所の所長は海上民だった。上との打ち合わせは所長が行ってくれるそうだ。最近では、もっと迅速な対応をとれるように、海上民を外洋公館の嘱託として採用しようという動きもあるらしい。時代はどんどん変化しているのだ。

所長は私たちの親世代だったが、「若い世代が仕事を覚えたら、すぐに交替するから」と言って、新しく入った私たちにも、どんどん本格的な仕事をさせた。

〈大異変〉は到来する日が未確定だ。早ければ十数年以内、最長で五十年先ぐらいという、大雑把な予測があるだけだ。だから、いつでも次世代と切り替えられる態勢が必要なのだ。

私たちは、まず、マルガリータ周辺を漂泊する船団を見回る仕事を覚えた。各船団のオサから毎日の様子を聴き取り、困難に直面していれば、都市側が解決に動くように私たちがつなぐのだ。

都市側からの要求を、私たちが船団側へ伝える役目もあった。

ンギメル艇長以下総員十五名の中に私は配属され、二十メートル型巡視艇に乗り込んで、見回りの仕事を始めた。

艇長は四十過ぎの男性で、マルガリータに移住してから生まれた子供をひとりだけ育てていた。落ち着いた性格の上司で、私たちは安心して働けた。これはとても稀《まれ》なことだったようで、通常どんな職場でも、上司は若い世代にとって悩みの種になるらしい。

ウミガメという綽名《あだな》を戴いた巡視艇は、船体が柔らかい素材でコーティングされている珍しい船だった。巡回中に魚舟と衝突しても怪我をさせないように、こんなふうに作られたのだ。

船団は密集しており、魚舟は自分の意思でのんびりと漂っている。そこへ巡視艇が進入すると、両者の衝突が起こりやすい。そのため巡視艇の外側を、柔らかく、なおかつ、海水との摩擦抵抗が減る素材でコーティングしてあるのだ。

船が走り出して船体の外側に水圧がかかると、コーティング部分の表面に水分子が付着し、摩擦を極限まで低減させる仕組みだ。そのため、航行速度は通常の機械船と同じに保たれ、素早く移動できる。

魚舟を慎重に避《よ》けながら、私たちは艇を進めた。

大人になってから間近で魚舟を見るのは、これが初めてだった。かつて自分もこれに住んでいたのだと言われても、特別な愛着がわくわけでもなく、自分は、やはり幼少時の記憶を消されているのだろうかと、感じざるを得なかった。各種のワクチン投与を受けたとき、海で暮らしていた頃の記憶も消されたのかもしれない。

でも、そうだとしても、なんのために？

背中だけを波間に出して漂う魚舟は、巨大な筏《いかだ》やフロートに似ている。人々はハッチから居住殻に出入りし、甲板で洗濯物を干し、食事を作る。私たちの巡視艇を目にして、笑顔で手を振ってくれる人もいれば、知らん顔をする人もいた。

ときどき、魚舟の潜降や浮上も見かけた。甲板が無人となり、ハッチがぴったり閉じられると、身じろぎを始めた魚舟が、いったん頭部を持ちあげてから、ざぶんと海面下へ沈むのだ。三十メートル近い巨大生物がこれをやるので、うっかり近くにいると、巡視艇は嵐に遭遇したように揺さぶられる。

腹を減らした魚舟は、海上都市周辺の海を泳ぎ回って、小魚やプランクトンを呑んでいた。波間から浮上してくる姿は、生きものというよりも潜水艦を連想させた。

私たちは訓練としてあてられた最初の一ヶ月、船団に近づいて甲板上から双眼鏡で様子を観察し、異状がなければ、また次の船団へ向かった。純粋に操船の訓練のみを行い、海上民との接触は行わなかった。

二ヶ月目から、担当する船団が決まり、一週間に一度、魚舟の上にあがってオサから日常に関する報告を受けることを覚えた。

情報をもらうだけなら、通信機器で海上都市にデータを送ってもらえば済む話だ。ここへ来た船団は、皆、無線機器を持っており、海上都市と即時通信できる。

私たちがわざわざオサを訪問するのは、都市の海上民と海に留まっている海上民とのあいだに、溝を作らせないためだ。住む場所は変わってしまっても同じ民族なのだから。

それからもうひとつ。マルガリータ・コリエは、結構、人の出入りが多かった。海上都市に移住した海上民が、「住んでみたら性に合わないとわかったので、他人に居住権を譲って海へ戻りたい」と言い出す事例があとを絶たず、そのつど、新しい移住者募集が船団に対して行われていたのだ。そのあたりがうまく調整できているか、喧嘩やトラブルが発生していないか、これを確認してまわるのも私たちの役目だった。

たいていの船団のオサは、リンカーのメンバーを快く受け入れ、現状を教えてくれた。

私たちの上の世代が苦労して人脈を作り、交流を絶やさず、巡回の仕組みを作ってくれたおかげだ。私たちの世代は、これを引き継ぐだけでよかった。

しかし、ある船団だけは、これまで通りにはいかなかった。

私たちが巡視艇を寄せようとすると、上甲板にいた人たちが大声を出して、「ここはだめだ」「この船団には進入不可だ」と呼びかけてきた。

私は艇長に訊ねた。「なぜでしょう。感染症の患者でも出たのでしょうか」

「もしそうなら、既に海上都市に連絡が入っている。船にも警報が届いたはずだ」

「では、本人たちの意思ですか」

「おそらく」

とりあえず船団の記号番号を書きとめ、都市に帰ってから報告することになった。一定海域に留まる船団は旗をあげており、そこの記載ですぐにデータを照合できる。

該当の船団は、古くからこの海域で暮らしている一団とわかった。私の親世代の船団のように、北半球から逃げてきた難民ではないのだ。

オサは五十歳の男性。名はマーロ。

船団の動向について調べてみると、移住の件で少し前にもめていた。

あるとき、マルガリータ第四都市で生活中の家族が、「海上都市の生活が肌に合わなくなった」という理由から、別の家族に移住権を譲ることになった。マーロの船団には移住希望者があったので、彼らの移住権が譲渡された。

ところが、陸上政府の移住管理局で手続きにミスがあったようで、キャンセルを待っていた別の船団に、該当の移住権が渡されてしまったのだ。しかも、本来、移住権を得るはずだったマーロの船団の家族の名は「処理済み」とされ、待機リストから外されていた。

マーロは権利を返してほしいと管理局に訴えたが、いつまで待っても返事が来ない。再度問い合わせてみたところ、管理局の担当者が北半球へ帰ってしまい、この件は放置状態となっていた。その人物は臨時でマルガリータに派遣されただけで、任期が切れたのを幸いに、引き継ぎもせずに出身地へ帰ってしまったのだ。マーロの要請は手つかずのままだった。

そこで、あらためて当事者同士で話し合いになったのだが、先に移住した家族は、もうすっかり都市に馴染んでおり、仕事も得た状態。いまさら外洋での生活は無理だと困惑するばかりだった。陸の政府に知り合いがいる家族で、そこから紹介されて移住したのだ。仕事もその関係で就いたため、いま辞めると、その人の顔をつぶすことになってしまう。絶対に、もうここからは動けないと言い張った。〈朋〉である魚舟も既に寿命が尽きて死んでおり、外洋に戻る術《すべ》がないという話だった。

マーロの船団の者をキャンセル待ちに戻すと、現時点では、リストの最後尾に入れ直す形になってしまう。お役所仕事は融通がきかないのだ。つまり、このままキャンセルが出なければ、最悪の場合〈大異変〉のほうが先に来てしまい、都市への移住のチャンスを失う。

現在、マルガリータは全都市の居住区が満杯になっており、登録者の死亡やキャンセルがあったとき以外には空きが発生しない状態だ。つまり、待機リストの先頭にいてさえ、移住の機会がまわってくるかどうかはわからない。

だから今回に限り、次にキャンセルが出たら、すぐにマーロの船団に該当人数分の移住権を渡せるようにしてほしいと、マーロは再び管理局に要求書を送った。該当の家族の人数は八人。しかし、陸側がこれを認めず、未解決状態になっている。

「意地悪な見方をするならば」とンギメル艇長は言った。「ミスのふりをして、予定になかった家族をリストにねじ込んだのかもしれんな」

「そうですね」と別の職員もつぶやいた。「大昔ならともかく、人工知性体が事務作業を請け負っている陸側の施設で、データの記入ミスはあり得ないでしょう。意図的に操作したのではないでしょうか」

「陸側にツテを持っている海上民なら、これぐらいのずるい手段はとりそうだね」

「どうしますか」

「いったん保留とし、交流の維持だけを考える。騒乱の種になってはまずい」

結局、私たちがマーロの舟にあがれたのは、それから二ヶ月後だった。先方から無線で連絡が入り、ようやく許しを得たのだ。

ンギメル艇長に指名され、私も魚舟にあがることになった。

なぜリンカーになったばかりの私が、と思って訊ねると、人工知性体を持っているからだと言われた。

「そういう者は優先的に連れていく。他の者よりも多くの情報に触れられるし、情報発信も容易だから、副艇長や艇長候補として適任だ」

「私は担当になったばかりですが――」

「近々、新しい巡視艇を一艇任せるから好きに使ってくれ」

「早すぎませんか！」

「若いメンバー同士で動かして、てきぱきと動けるようになってほしい。期待する」

そんなわけで、次回からは自分で巡視艇を動かさねばならないので、そのための準備として、私も艇長と共に船団を訪問したのだった。

本当なら私の家だったかもしれない魚舟という生きもの。本当なら私にも存在したはずの〈朋〉――。

マーロの魚舟の上甲板から、巡視艇の甲板へ渡り板が置かれた。ンギメル艇長と私は、その上を歩いて魚舟に乗り込んだ。

リンカーは、海上警備隊や海軍の人間と違って丸腰だ。ナイフすら所持しない。だからこそ信用され、舟にあげてもらえる。陸側の調停者ならば、もっと苦労するだろう。

甲板からハッチへ案内されて居住殻に続く階段をおりていくと、ふんわりと香の匂いがした。私は、かつて叔母が教えてくれた言葉を思い出した。魚舟の居住殻内には荘厳な香りが漂っている——。まさに、その通りのいい匂いが鼻の奥をくすぐった。

オサ・マーロは居住殻内の一角で、敷物の上に横たわっていた。その前に若い女性と思《おぼ》しき者があぐらをかき、こちらに背を向けていた。他の海上民の姿は見あたらない。彼女が振り向いたとき、私たちはその容姿に思わず息を呑んだ。

異様なまでに複雑精緻な緑色の模様が、彼女の顔の左側半分だけを覆っていた。海中でゆらめく海藻にも似た模様だ。さらさらした草色の長い髪は、後ろでひとつにくくられている。切れ長の澄んだ目が、まっすぐにこちらを射貫く。二十代の終わりか三十代の初めに見えた。

生まれつき全身に緑色の模様が刻まれている者を、海上社会では〈緑子《ジェイド》〉と呼ぶ。この模様が出現する遺伝子を備えた人間は、海洋で発生する病気などに強い耐性を持つそうだ。そのため、海上社会では尊ばれる。

よく見ると彼女の顔の模様は首筋まで続き、そこから斜めに伸びて右の肩へと達していた。そちら側の腕は無紋だが、反対側の腕はびっしりと模様で覆われている。右手首には、翡翠《ひすい》に似た色の腕輪があった。体表の模様と馴染みのいい色で、彼女が動くと微かに煌めいた。

〈緑子〉についての知識はあったが、本人を目の当たりにするのは初めてだ。しかも、左右対称ではなく、こんなふうに、うねるように浮き出すパターンは見たことがない。

オサ・マーロが横たわったまま口を開いた。「どうぞ、お座り下さい」

私たちはうなずき、マーロのそばに座った。

「このままで失礼致します」と、マーロは静かな声で言った。「なかなかご連絡できなかったのは体調のせいです。申し訳ありません」

ンギメル艇長が訊ねた。「持病がおありだったのですか。こちらでは把握できていなかったのですが」

「私は虚弱体質なのですが、他に相応《ふさわ》しい者がいなかったので役目を担っておりました。ようやく、次のオサへの引き継ぎが済んだところです。これからは、このナテワナが我々の船団のオサを務めます」

マーロは彼女の名を呼ぶとき、「ナテワ」と「ナ」のあいだを、ほんのわずかだけ区切って発音した。伝統文字で記すと「ナテワ・ナ」か「ナテワ＝ナ」となる名前なのかもしれない。彼は続けた。「気になることがあれば、なんでも訊ねてやって下さい。責任の範囲内で、はっきりと返事ができる人間です」

この女性が、これから、この船団を率いるオサ——。

私たちが畏怖の念から言葉を出せずにいると、ナテワナのほうから口を開いた。「同じ海上民同士なのだから、遠慮なく話し合おう。私の言葉づかいが少々荒いのは気にしないでほしい。我々の船団は気性の激しい者が多いゆえ、強い言葉を用いなければ、皆を従えることができぬのだ」

「承知致しました」ンギメル艇長はすぐに応えた。「それにしてもお若い。あなたの船団では、このように若いうちからオサに就くのですか」

「そうだ」

明け方の澄んだ空気みたいな、きりっとした口調だった。若くても、都市の海上民とは迫力が違う。こんな同胞は身近にいなかった。背筋がぞくっとするほど魅力的なオサだ。

ナテワナは続けた。「ところで、我が船団の移住者の受け入れについては、その後、どうなっていますか」

「申し訳ありません。まだ管理局から連絡がないのです」

「やはり、陸上民はいい加減ですね。あいだに入ってくれているのがリンカーでなければ、我々はとうの昔に縁を切っている」

「はい、そのあたりは、なんとも面目ありません」ンギメル艇長は何を言われても平然としていた。さすがだ。「我々としては、それでも皆様との交流を続け、使い走りとしての任務を担い続けるつもりです」

「これから、この海域にはさまざまな問題が起きるだろう。手がける以上は、それらも、しっかりと管理して頂きたい」

「たとえば？」

「これだけ船団が集まると、早晩、腹をすかせた獣舟が寄ってくる。その点、どうなさるつもりなのか」

「陸上民も対策を考えているようですが、最終的な判断を下すのは我々です。彼らは、我々の意見を尊重すると言っています」

「陸の基準に合わせるなら獣舟を殺すしかない」

「我々は、まず各船団のオサに意見を求め、それをまとめて、マルガリータの市長たちに合議してもらうつもりです」

「あなた自身の意思を聞かせてほしい」

「私は獣舟を殺すことには反対です。しかし、放置していい問題とも思えません。オサはどう思われますか」

「我々は海の伝統を守るだけだ」

「ならば、それでよろしいのではないでしょうか。船団には、ここから離れる自由もあります」

ふたりが正面から衝突しないかと、私は、ひやひやしながら成り行きを見守っていた。が、大きな言い争いもなく、この日は、魚舟から退去することになった。

次の巡回に出る前、私はンギメル艇長から呼び出され、ナテワナの船団を任せると言われた。率直に意見をぶつけ合い、ナテワナの本心を報告してほしいと。

約束通り、ンギメル艇長は、自分の巡視艇よりもひとまわり小さい艇を、私に任せてくれた。艇は小さくとも、与えられる階級は艇長だ。両肩にかかる責任の重さに、ちょっとくらっとなった。

ンギメル艇長は言った。「班の中から同世代の人間を何人か分けるので、全員でよく話し合って、巡視艇の運用方法を決めていい。副艇長にはベテランを配置する。困ったことがあれば彼女に相談するように」

「珍しい配置ですね。普通は、その方が艇長になるべきなのでは」

「古いやり方を踏襲するだけでは解決できんことが、この海域にはたくさんある。だから、若い世代が積極的にものを考え、新しいやり方を試してほしい。君たちの艇は実験艇のつもりで、なんでも好きな計画を立てていい。失敗を恐れるな。かつてないデータが得られることのほうが重要だ」

リンカーになりたての私に、こんな重要な任務が与えられたのは本当に驚きだった。アシスタント知性体を持っていてもうまくやれるとは限らないが、責任を与えられた以上、この機会を最大限に生かすのが私の責務だ。

ンギメル艇長は、私の巡視艇の副艇長として、マージェリィという女性を私に紹介してくれた。マージェリィはンギメル艇長と同い年で、背筋の伸びた溌剌《はつらつ》とした中年女性だった。

私が、かちこちに緊張して「よろしくお願い致します」と頭を下げると、マージェリィ副艇長は微笑みながら「艇長はあなたなのです、銘《メイ》さん。年齢や経験の差に臆せず、必要な指示を出して下さい」と言った。

「はい。でもあの、私はまだこの仕事を始めたばかりで」

「大丈夫。すぐに慣れますよ」

ンギメル艇長が横から口を挟んだ。「マージェリィには艇長の代行権限を与えてある。君が単独で動きたいと思ったときには、代行を命じれば、マージェリィが艇長レベルの業務を丸ごと引き受けてくれる。判断に迷ったときなどは利用したまえ」

「えっ。それでは楽すぎませんか」

「これは楽をしてもらうためではなく、君に自由に動いてもらうための措置だ。ナテワナを相手にするときは、艇から離れて、君だけで行動せねばならんことが起きる。オサは、そういうやり方で他人を試すからな。そのような場合には、マージェリィが艇長として巡視艇と乗組員を守ってくれる」

「指示はどうやって出すのですか」

「君が口頭か文書で命じるのだ。連絡がとれない場合には、マージェリィと私とで話し合い、妥当な状況と判断できればすぐに権限を切り替える」

「ありがとうございます。助かります」

マージェリィが言った。「たくさん経験を積んで下さいね。〈大異変〉が来たとき、それを真正面から受けとめるのは、あなた方の世代です」

「はい。なんとかして、がんばります」

私たちは巡視艇を第四都市の船着き場から発進させると、まず、ナテワナの魚舟を捜すところから始めた。前に訪れたのはマーロの舟なので、ナテワナの〈朋〉は別にいて、彼女はそちらに乗っているはずなのだ。

船団に接近して、ナテワナの魚舟はどこかと海上民たちに訊ねた。すると、ひとりが遠くを指さして言った。「オサは沖へ出るところだ。魚舟を運動させるのだ」

　ブリッジの乗員に双眼鏡で確認させてみると、ゆっくりと遠ざかっていく魚舟の背中を確認できた。上甲板に人の姿は見えない。ナテワナは音響孔に入り、自分の魚舟を操っているようだ。〈緑子〉の舟には〈朋〉と同じ模様がある。近くまで寄ってみれば、ナテワナの舟だとはっきりわかるはずだ。

　私は、すぐさまナテワナの魚舟を追うように乗員に命じた。距離はすぐに縮まるものと思われたが、ナテワナの舟は追ってくる私たちに気づいたのか、突然、速度をあげた。

　今日は、話したくないという意思表示か？

「どうしますか。いったん引きあげますか」マージェリィ副艇長が訊ねた。

　私は答えた。「このまま追います。こちらの速力を試されているようですから」

「了解」

　巡視艇のエンジンがうなりをあげ、本気で魚舟を追い始めた。

　次の瞬間、ナテワナは魚舟を潜降させた。

　巡視艇のイメージングソナーが、すぐに魚舟の居場所を見つけ出し、立体映像をブリッジ内に投射する。目標物の形状と距離の数値が表示された。ナテワナの魚舟は沖合へ出たところで急にターンし、猛烈な勢いで、こちらへ突っ込んできた。何をするつもりだと身構えていたら、すれ違いざま、波間から鋭い跳躍を見せた。

成長しきった魚舟は、シロナガスクジラの最大全長に匹敵するか、もしくはそれを若干上回る大きさとなる。だから、普通は、ザトウクジラのような跳ね方をするのは無理だ。だが、ナテワナの舟は波を切り裂き、海面すれすれを、低くまっすぐに跳んだ。体表の模様が露わになる。たゆたう海藻にも似た複雑な緑の模様は、ナテワナの体表に刻まれた模様と相似形だった。まさしく、両者が〈朋〉である証《あかし》だ。

それにしても、これほど激しい操船は初めて見る。海上都市周辺では、魚舟はのんびりと浮いているだけだ。魚舟とて、変化の少ない安定した環境にいれば猫のようにだらけるのだ。定期的に波の荒い場所で泳がせていなければ、こんなことができる筋肉はつかないだろう。そして、誰よりも〈朋〉との絆が強く結ばれていなければ無理だ。

私は言葉を失ったまま、ナテワナの舟の跳躍を見ていた。海神が疾走するような光景は、別世界の不思議な光景を眺めている気分だった。

しばらくすると魚舟は落ち着き、巡視艇に接近してきた。

動きを止め、上甲板を海面上に出した魚舟の背中から、滝のように海水が流れ落ちた。ハッチが開き、姿を見せたナテワナがこちらに向かって手を振った。

私はマージェリィ副艇長にあとを任せ、ブリッジから巡視艇の甲板へ出た。艇が魚舟のそばまで辿り着くのを、じっと待った。

巡視艇と魚舟が並ぶと、魚舟のほうから渡し板が差し出された。私はその上を走って、ナテワナの舟に飛び乗った。

私だけが魚舟にあがると、ナテワナは意外そうな顔をした。「なぜ、おまえのような若い者が来るのか」

「必要だからと言われ、この仕事を任されました。新たに艇長に任命された銘《メイ》と申します。新しい世代同士で、新しい社会を作ってゆきましょう！」

「そうか。では、一人前のリンカーとして扱ってよいのだな」

「はい、至らぬ部分は多いことと存じますが」

「メイ、というのは苗字か。名前か」

「私の一族には苗字と名前の区別がないのです。銘という一語が、すべてを表します」

ナテワナはしばらく私を見つめていた。あまりにも強い視線だったので、私は思わずたじろぎそうになった。が、なんとか耐えた。

なんだろう。この圧力。

同じ海上民同士でも、ナテワナは都市に移住した者が嫌いなのか。でも、自分たちの船団からも移住者を出しているし、例の手続き不備の問題では、本気で怒っている様子だった。移住がどうでもいいなら、そんな反応にはならない。

私は続けた。「ええと、あなたの舟の名前を教えて頂けますか。知っておく必要がありますので」

「ウイラだ」

う、い、ら、と口の中で転がしながら、私は頭の隅にその名を刻み込んだ。確か、この海域の言葉で、雷を意味する単語ではなかったか。さきほどの荒々しい跳躍を思い出し、実に相応しい名前だと感じいった。

ナテワナは言った。「若い世代同士なら心が通じるという考え方か。私はそうは思わんぞ。都市に移った海上民は、もう別の民族だと割り切っている。ここまでうまくやってこられたのは、お互いが、まだ公的には同じ民族だと称しているからだ。だが、いずれは袂《たもと》を分かつときが来る」

「海に残っておられる方として、それは妥当な判断かと存じます。ただ、私自身はそうは思いません」

「なぜだ」

「私の親戚は都市に移住せず、まだこの海域に残っています。彼ら彼女らと私の家族は、もう別の民族でしょうか？　違うと思うのです。生活様式が変わった程度で違う民族になったのだという考え方には同意できません。私にとって親類はいまでも変わらず親類で、彼ら彼女らが海上民であるなら、私も海上民に違いないと考えます」

「そのような意味では、確かに、まだ海上民同士だな。だが、精神的にはどうか。外洋ではラブカが陸上民との戦いで血を流しているのに、おまえたちは、ラブカよりも陸上民と親しく付き合っている」

「マルガリータ・コリエを発案してくれたのは、陸上民だと聞いています。日本の外洋公館で働いていた方で、海の民の行く末を案じて行動して下さったと」

「それが、陸上民の益になるからやっただけだろう」

「はい。勿論そうでしょう。でも、それでよいではありませんか。海上民のためを思って善意から――などと言われたら、私は逆に、ぞっとしていたと思います。マルガリータ・コリエは、海上交易と海の安全と、人類全体の未来のために造られたのです。私は、最初の発案者の名前すら知りません。その陸上民の方は、自分の名を残そうとも思わなかったのでしょう。だから私は信じます。マルガリータ・コリエの未来を」

ちょっと大袈裟に演説しすぎたかなあと恥ずかしかったが、言葉というのは口にしたすべての意味が伝わるわけではないから、これぐらい派手に言っておくほうがちょうどいいのだ。私の不安を察したのか、レオーが耳元で囁いた。《いいぞ、いいぞ。それぐらいの押しは必要だ。気にするな》

《ありがとう》

《なんでも言いたいことを言え。相手の考えを引き出すフックになる》

《了解》

ナテワナは私に訊ねた。「おまえは都市生まれの都市育ちなのか」

「いいえ、私は四歳までは海上社会におりました。五歳から第四都市に。海にいた頃の記憶は、ほとんどありません」

「本物の海上民は、どれほど幼い頃の記憶でも忘れぬものだ。潮は血、海風は息なのだから」

「――そうですか。すみません。私は、いろいろと鈍いほうなので」

「だいぶ鈍い」

怒っている感じではない。言い方はきつかったが。

この日、私は、ナテワナの魚舟で彼女しか見かけなかった。居住殻にも上甲板にも、他の人間の姿はなかった。ここには何人が住んでいるのですかと訊ねると、自分だけだとナテワナは言った。しばらく、このままひとり暮らしを続けるだろうと。

ナテワナとふたりで話した頃から、マルガリータ・コリエ周辺は、海上民が徐々に増え始めていた。都市への移住人数は、もう制限一杯だと広く知らされているから、移住をめあてに来たわけではない。ラブカと陸との闘争に身の危険を覚え、避難してきた人たちだ。勿論、そういう船団にも居着いてもらうべき海域ではあるのだが、私が聞いた話によると、事はもっと複雑だった。

ラブカの一部が避難民を装ってこの海域に入り込み、闘争を呼びかける可能性があるというのだ。勿論、特定の船団が名指しされた事例はなく、仮定の話として私たちは動いていた。新たにこの海域に入り込んできた船団を調査し、オサとの挨拶を繰り返す。それでも、簡単にはわからないし、先方だって、簡単にばれるような真似はしないだろう。

私たちは一生懸命仕事をするというよりも、むしろ、だらだらと巡回を続けた。船団や海域に、緊張した空気を広げたくなかったのだ。私たちが気をつけるべきは、船団同士で食料や物資の奪い合いが起きることで、そういった騒ぎが始まれば、仲裁の手段を整えるのが私たちの任務だった。

正直なところ、私はラブカが生まれるのも無理はないと思っていた。賛同はしないが気持ちはわかる。

彼ら彼女らは、いわば獣舟みたいなものだ。

闘争したって何かを改善できるわけでもなかろうし、そのうち〈大異変〉が来れば、大半の海上民は死んでしまうのだ。みんな、少しでもましな死に方をしたいと思っているだけだ。陸に資源を奪われ、飢えて死ぬのは嫌だから、それを陸側に対して激しく訴えるだけでも、闘争には意味があるだろう。移住先を確保済みの私たちに責められることではない。しかし、味方になるわけにもいかない。

そのうち、巡回に加えて面倒な仕事がまわってきた。獣舟を追い払う作業だ。マルガリータ海域に船団が集まったせいで、獣舟が、ここを餌場と認識したらしい。短期間で激しい変異を繰り返す獣舟は、体を構成するための栄養素を常に必要としているので、いつも腹を減らしている。だからなんでも食べてしまうし、餌の匂いに敏感だ。大量の生きものの匂いがする場所は、彼らにとっては狩り場なのだ。

船団から少し離れたあたりの波間に、乗り手を持たない舟たちの背中がよく見えるようになった。繁殖期に群れているサメの大群じみた動きを見せていた。いつ、こちらへ突進してくるやもしれぬので、危険なこと甚だしい。

都市では、養殖場近辺の海中に音響装置を置き、獣舟が嫌う周波数の音を外海に向かって発していた。指向性の強い音波で、海上都市の外側へ向けていたが、その一部は魚舟の聴覚も刺激する。だから、二十四時間使用することはできなかった。時間帯を決めてオン・オフを切り替えていたが、このオフになる時間帯に、私たちは警戒しなければならなかった。

　私たちが巡回していると、空に探査機の姿も見えた。上空から獣舟を捜すのだ。群れで来られると巡視艇や海警の警備船では対応不可能なので、いち早く情報を都市へ飛ばし、海軍にも出動を要請するためだ。

　たとえ被害をこうむっても、獣舟の行動を容認するのが海の文化だ。獣舟はそれを知っているから、餌が豊富で、なおかつ攻撃されない海域を狙ってくる。マルガリータは、いい標的だった。

　勿論、これは海上都市群を造るときから想定されていたことだ。

　非常事態に陥れば、海上民といえども、死に物狂いで獣舟を遠ざける必要がある。そのための発砲許可は出ていた。

　ただ、誰が、どの程度まで撃つのか、撃っていいのか――それは明らかにされていなかった。

　ともかく私たちは、獣舟対策として「モルネイド」という機械を渡され、巡回時にはそれを使うことになった。

　振り出し式のクレーンに設置された装置に、私たちは興味津々となった。

「亀の子みたいな形だ」と誰かが言った。

「それがいいな」

「巡視艇《ウミガメ》から投擲《とうてき》するものだから、〈子亀〉と名づけようぜ」

「うん、亀だな」

〈子亀〉は音響警備装置だった。自律式だが、超音波通信で母船から指示を送ることもできる。警備海域に到着したら海中に投じ、獣舟の近くで彼らが嫌がる音波を発生させる。他の方法と比べると、魚舟に対する影響は小さい。

獣舟を撃つのは嫌だったので、〈子亀〉はありがたい装置だった。〈子亀〉を発進させると、明らかに獣舟の反応が変わった。苛立たしく鳴いて、遠ざかっていく。

ただ、この海域からは去りがたいようで、沖合の波間から彼らの背中が消えることはなかった。

このあたりが妥協点だな、と一息ついていたところ、ある日、ナテワナの舟を訪問したときに難詰された。「獣舟に対して音響兵器を使っているという話は本当か」

「兵器ではありません。ただの警備装置です」と私は言った。

「ラブカ対策として開発されたものと同型だと耳にした」

「どこからそんな話を」

「調べれば簡単にわかる。隠すな」

海上民はそういうことを積極的に調べないと思っていたので、これは驚きだった。ナテワナは、どこかに太い情報網を持っているのだろうか。

私は穏やかに続けた。「リンカーは軍隊や海警とは違うので、軍事用の機器は購入しません。使用許可も下りません。法規制があります。あれが武器ではないことは確かです」

「しかし、獣舟たちは苦しいと訴えている」

「嫌がりはするでしょうが、苦しむとまでは」

ナテワナは私の腕をつかむと船縁まで引っぱっていった。「よく聴け、あの声を。獣舟たちは鳴いてるんじゃない、泣いてるんだ」

舟は獣舟から遠かったので、彼方から響いてくる彼らの声は微かだった。私には彼らの感情が、怒りなのか悲しみなのか、それとも人間の思惑とは関係なくただ鳴き交わしているだけなのか、まったくわからなかった。ナテワナにはわかるのか。不思議だ。

「申し訳ありません」と私は謝った。「私には、そういう区別は」

「海上民なのに？」

「はい。わからないんです」

「自分の血や生まれをもっと誇れ！　都市に住んでいても！」

「誇りは両親の世代まではあったようですが、私の世代には、もう」

ナテワナは、さらに強い力で私を引き寄せた。

思わずよろけた私を、ナテワナは一瞬で横抱きにし、身をひるがえして船縁に足をかけた。

あっ、と思った瞬間には、ふたりして、もう海へ向かって跳んでいた。直後に着水の衝撃が来た。泡が私たちを包み込み、音がくぐもる。

海水の感触は、リンカーになる前の訓練で泳いだとき以来のものだった。海の中は騒がしい。潮が流れる音、魚たちがたてる音、遠くから伝わってくる生きものの鳴き声、耳が休まる暇もなくさまざまな音が押し寄せる。

ナテワナはまだ私を抱いていた。横抱きにして飛び込んだはずだが、いつのまにか、背中側から抱きついていた。私が波にさらわれないように、しっかりと抱えているのだろう。

海上民の血液は、常時、大量の酸素を蓄えているので、海の中にいても少しも息苦しくない。ちょうど頭上にナテワナの舟——ウイラの全身が見えていた。逆光なのでわかりにくいが、体表に彼女と同じく魔術的な模様が見てとれる。海中から眺めると、光の屈折によって模様の形が歪むリズムが、なんだか、言葉や音楽を思わせた。もし、鳴き声でなく、体の模様自体で意思を伝える方法があるのだとしたら、こういったものであるに違いない。そんなことができる舟は、神魚と呼ぶに相応しいだろう。ウイラには、それができそうな気がした。

ふと、こういう感覚を以前にもどこかで味わったように思えた。いつ、どこで体験したのかはわからない。言葉にもできない。だが、胸の奥から湧きあがってくるものがある。四歳までの記憶なのか？　海に潜り、こんなふうに魚舟を見あげていたことがあったのだろうか。でも、どうしても思い出せない。

ただ、懐かしい気分はある。

のんびりと海中を漂う感覚は、過去の中を漂っているように感じられた。

私は何かを知っているのか、本当は――。

消された記憶の中に何があったのか。

血中の酸素濃度が低くなる前に、ナテワナは海面へ浮上した。私を小脇に抱えたまま泳ぎ、ウィラの外壁に吊された縄梯子まで誘導してくれた。

上甲板へあがってから、私は一応抗議しておいた。「ずぶ濡れです。着替えなど持ってこなかったのに」

「海に潜っても、まだ何も思い出せないのか」

「なんのことですか」

「魚舟や獣舟の鳴き声を、ただの音ではなく、言葉として聴いていた頃を思い出せ」

「私は当時四歳です」

「それぐらいの年齢なら、はっきりと覚えているはずだ」

「あなたが特別なんですよ、オサ。海上民だって、いろんな人間がいます。皆が〈緑子《ジェイド》〉のように逞しく、鋭い感受性を持っているわけではありません。記憶力にも差があります」

ナテワナは、また私を凝視した。この目つきで見られるのは二度目だ。どうして？

「――やはり、都市に住む海上民は、もう海上民ではないのだな。陸の人間と同じだ。耳を失い、目を失うのだ」

「そう思われるなら、ご自身の船団から移住申請を出すのも、あきらめては如何《いかが》ですか」

「オサには、行きたい者を行かせる責任がある。それにしても、なんと記憶力の悪い海上民がいることか」

「私を基準にされても困ります」

「私は、誰もが覚えていると思っていたのだ」ナテワナはつぶやいた。「幼い頃の記憶をね」

なんとも返事のしようがなかった。私が困惑していると、ナテワナは言った。「ひとつ教えておこう。獣舟は攻撃を繰り返されると、私たちが想像する以上に早く環境に適応する。その結果何が起きるかは予想がつかない」

「適応——というと、モルネイドを嫌がらなくなるとか？」

「そうだ」

「それはちょっと困りますね——。でも、だからといって、いまの方法を捨てるわけにもいかない」

「だったら、より慎重に警戒しておくことだ。何が起きても慌てないように」

「私たちだけで手に負えなくなったら、助けを求めてもよろしいでしょうか」

ナテワナは目を丸くした。「何を言う」

「獣舟について一番よくご存じなのは、いまでも海で暮らす皆さんです。リンカーも海上民ですが、都市生活がメインですから、だんだん、海のことはわからなくなっています」

「都合のいいときだけ、お願いするのか」

「ご迷惑なら別の船団に頼みます。でも、あなたは解決のつかない問題を、見過ごせる方ではないでしょう？」

翌日、ナテワナが正式に都市側へモルネイドの使用停止を訴えたと、私は艇長から聞かされた。

都市側は訴えには耳を傾けたが、根気よく彼女を説得しようとした。モルネイドによる音波攻撃は、獣舟を最も傷つけずに済む、平和的な解決方法なのだと。

これに対してナテワナは、獣舟が聴覚器官に異常を生じたり、ストレスから凶暴化する可能性があるという意見を提出した。聴覚が発達している海洋生物にはよく起きる現象である。

モルネイドのメーカーは、音響装置を使えないなら、接触性の機雷を使う警備方法を採ることになるが、事故が起きやすくて危険すぎると反論してきた。

三者は何日もかけて話し合い、最終的には、ナテワナが都市側の意見を聞き入れたという。

だが、この日以来、私たちが〈子亀〉を積んで沖合に出ると、ナテワナたちの船団の一部が、少し離れた場所から様子をうかがうようになった。私たちが獣舟に対して過剰な攻撃をしないか、監視を始めたらしい。

それぐらいのことで折り合いがつくなら、ずっと監視してもらって結構だと私は思った。私たちだって積極的に獣舟を傷つけたくはない。それはナテワナたちと同じだ。

# 5

獣舟の問題が落ち着いた頃、北半球の海上都市から役人が視察にやってきた。陸上民だけが暮らしている都市から派遣された事務官である。マルガリータの市長たちに会うだけでなく、リンカーからも直接話を聞きたいと申し入れてきた。

ンギメル艇長と私は、都市の管理局に呼び出され、指定された日時に会議室を訪れた。

会議室でその事務官と会い、相手の名前とプロフィールを知らされた瞬間、私は「あっ」と声を洩らしてしまった。

この人物は、オサ・マーロともめた役人だった。

北半球へ帰ったきり、なんの連絡も寄越さなかった人間。それが、なぜまたやってきたのか。

役人はオクリスと名乗った。小柄な中年の男で、政府の人間がそろって着用する、きちんとした服を身にまとっていた。

マルガリータに来るならもっと気取らない格好のほうがいいのに、と私は思ったが、口には出さなかった。

いまどき珍しくクラシックな型の眼鏡の奥に、絶対に笑わない目があった。陸上民なら副脳を使っているはずだから、データグラスがなくても文字情報を「見る」ことはできるだろう。本当は眼鏡などいらないはずだ。きっと、装飾品としてかけているだけなのだ。そして、オクリス事務官は、眼鏡がなければこれといった特徴のない顔立ちだった。奇妙なぐらいに個性を感じない、人工的な雰囲気すら感じる顔だ。

助手をひとり連れていたが、よく見ると肌が青白く、ボディに移されたアシスタント知性体だとわかった。男性型なのか女性型なのかは、よくわからない。あえて言うなら中性型だろうか。服装はシンプルなパンツルックで、髪は短い。

「サピとお呼び下さい」とアシスタントは自ら告げた。「私は無性に設定されておりますので、人称代名詞が必要となる言語では性別を特定しない単語を使って下さい。最も適切なのは、どんなときでも、ただ『サピ』と呼んで頂くことです」

レオーが私の耳元で溜め息じみた声を洩らした。《サピのスペックはすさまじい。私などは比べものにもならん》

《こういうものを持てるのは、いまは政府の人だけなんでしょう?》

《そうだよ。〈大異変〉対策で資源の利用に制限があるから。これも個人の持ち物ではなく、政府から借りているだけだね。退職するときに返却する》

《じゃあ、案外、ボディ自体は旧式なのかな》

《旧式といっても、腕輪型端末とは性能が全然違う》
《ああ、こちらの情報は丸裸にされたと思っておいてくれ》
《中身も？》
《この会話も聴かれている？》
《情報防御壁のスリットをこじ開けることは技術的には可能だが、さすがに、自分からのぞいているとは口にしないだろう。機械知性である私の内面は知れても、君の内面までは誰も手を伸ばせない。君は、沈黙によって最も大切な情報を守れる》
《わかった。ありがとう》
オクリスとそつなく挨拶を交わして席につくと、ンギメル艇長がすぐに訊ねた。「のっけから失礼致しますが、オサ・マーロからの要請を、再度、検討して頂けるのでしょうか。彼はオサの座を退いたあとも、例の件が未解決であることを怒っています」
「はい、今日はその話でこちらを訪問しました」オクリスはまったく悪びれずに言った。「オサ・マーロには申し訳なかったのですが、事情を打ち明けられる時期ではなかったので」
「事情とは」
「私は政府の人間ですから、ときには真実を伏せたまま、海上民の皆さんと接しなければなりません。あの事務手続きのミスは、ミスではなく、意図的なものです」

「というと」

「私の判断で移住の手続きを中断しました」

「誰かから、他を優先するように言われたのですか」

「いいえ、そうではありません。オサ・マーロの船団からは、誰ひとりとして移住させるわけにはいかなかったのです。ただ、その時点では事情を明かせなかったので——事務手続きのミスを装ってストップさせました」

私は横から口を挟んだ。「なぜそんなことを。ただでさえ、海上民は陸上民に対して不信感を抱いているのですよ」

「オサ・マーロの船団とラブカとのつながりが、疑われていたからです」

私は息を呑んだ。ンギメル艇長も眉間に皺を寄せた。「確かですか」

「はい。私が赴任していた頃には、決定的な証拠をまだつかめていませんでした。しかし、北半球へ戻ってから数々のデータが集まりました。ですから、しばらくのあいだ、あの船団からの移住申請は停止です。リンカーの方々は、直接、オサ・マーロの船団員と接触されるでしょうから、もし移住の件をせかされたら、うまくごまかして下さい」

私は言った。「いま船団を仕切っているのは、マーロではなくナテワナです」

「ああ、そうでしたね。オサ・ナテワナ。プロフィールは既にこちらでも押さえています」

「ナテワナは、マーロほど穏やかではないでしょう。まだ若いし、遠慮会釈なく物を言うタイプです」

「大丈夫ですよ。ラブカの話をちらつかせればナテワナは黙ります」

「どうして」

「ナテワナの従兄弟はラブカに加わっています。直接の接触は未確認ですが、ナテワナとの手紙のやりとりを押さえました」

「まさか、私信を途中で開封したのですか」

「はい」

「プライバシーの侵害です」

「対ラブカ対策として法的に認められております」

「従兄弟がラブカだからといって、ナテワナの船団員全員がラブカだとは――」

「はい、勿論、断言はできませんね。でも、いつ、そちらへ転ぶかわかりません。うがった見方をすれば、船団員を移住させたがるのは、海上都市へスパイを送り込む作戦とも見なせるのです」

「そんな馬鹿な」

「ですからあなた方の班には、それを承知のうえで、彼女の船団と交流して頂きたいと考えています。そして、何か不審な動きがあれば、すぐに私に連絡を下さい。あなたのリスト端末に、こちらの連絡先を登録させて頂きたいのですが、よろしいですか」

アクセスを許せば、こちらの行動を監視するプログラムを侵入させてくるかもしれない。しかし、この状況では断りにくい。私は仕方なく了解した。サピの目が何度か明滅し、レオーにデータの送信を完了したことを示す音が、リン！　と鳴った。

オクリスは言った。「あなた方のほうで何か気づいていることは？　この際ですから、遠慮なく仰《おつしや》って下さい」

ンギメル艇長が口を開いた。「私どもの目には、どの船団にも不審な点はないように見受けられます。マルガリータ・コリエが稼働し始めてから何年も経ち、リンカーは彼らと深く交流していますが、ラブカ関連でトラブルが発生したことはありません」

「それは結構な話です。しかし、ラブカの闘争は日を追って激しくなっています。海上都市へスパイを送り込むだけでなく、ここの船団に一斉蜂起を促す可能性があります。最近、ナテワナは獣舟に興味を示していますね。それも策略の可能性があります」

「どのような」

「獣舟を手懐けて、都市を襲わせるつもりかもしれません。都市を混乱させ、その隙にラブカを誘導してマルガリータを占領する。そうすれば、闘争を続けるための物資も人材も潤沢に手に入ります」

「獣舟は荒ぶる神です。手懐けることなど決してできますまい。だいたい、ここで蜂起してどうなるというのですか。せっかく、皆、平和に暮らせる場所を見つけたのですよ。それを自分から壊すとは思えない」

「陸の政府から見ますと、どうも、そのあたりがはっきりしませんのでね。海上民は、陸上民よりも海上民同士の仲を優先するのではありませんか」

「そういうお話は市長たちとして頂けませんか。私たちは、あくまでも困っている人たちを助けるのが役目です」

「勿論、市長とも話します。まあ、今日は初日ですから焦らずにいきましょう。私は、当面、またこちらの管理局に留まります」

「いつまでご滞在ですか」ンギメル艇長が皮肉たっぷりに訊ねると、オクリスは飄々と答えた。「ラブカが闘争をやめるまで、ですね」

会議室を退室して巡視艇へ戻ると、私はンギメル艇長に不満をぶちまけた。「なんですか。あの失礼な態度は」

リスト端末に盗聴プログラムをねじ込まれていたら、この会話も筒抜けになっているはずだ。それでも私は口にせずにはいられなかった。

「そういう言い方はまずい」ンギメル艇長がたしなめた。「ひょんなところで表に出るぞ、気をつけたまえ」

そう言って、ンギメル艇長は自分の手首を指先で叩く仕草をした。どうやら艇長も、盗聴の可能性に気づいてるようだ。しかし、何も喋らないと不自然に見えるとふんで、ある程度までは話を合わせるつもりらしい。

幸い、レオーの機能は限定的だ。ボディ型のアシスタント知性体のように、常時、映像を記録しているわけではない。私がレオーに撮影の指示を出し、なおかつ、腕輪のカメラを対象物に向けていなければ記録しない。つまり、いざとなったら筆談で秘密の会話が可能だ。装置としての機能が少ないことが、今回の場合、こちら側にとっては有利となる。

私はうなずき、ポケットから海草紙のメモを取り出して鉛筆で文字を綴り、ンギメル艇長に見せた。『最初から、マルガリータの海上民全員をラブカの手先みたいに言った。許せません』

ンギメル艇長も筆談で返事を寄越した。『気持ちはわかるが、もし、本当にナテワナの船団がラブカとつながり、遠洋と連絡を取り合っているならやっかいだ。いずれ、ここから出て行けと言われる』

『〈大異変〉が来るまでは、誰だって、仲間同士で連絡を取り合いたいものでしょう？　そのささやかな願いまで疑うなんて――許容できません』

『だからこそ、この件は、はっきりさせなければ。市長たちに問い詰められるよりも先に、ナテワナが本当のことを打ち明けてくれればいいんだが――。君の言葉で説得できそうか』

『仮にも先方はオサですよ。私みたいなひよっこに、そんな大切な相談はしないでしょう』

『ひよっこ相手だからこそ、言いにくいことも、そっと打ち明けてくれるかもしれん。彼女との交流を深めて、都市の安全管理を理解してもらってくれ』

交流を深めてくれと言われても、私にできることといえば、毎日、ナテワナの舟を訪問して彼女に挨拶し、たわいもない会話を交わして帰ってくるだけだ。

ナテワナは獣舟の一件以来、日常的な話しかしなくなった。毎日の漁獲量や、陸の合成食品は油っぽい匂いがしてまずいとか、いま船団で何が不足しているとか、子供を産むことをあきらめた家族が生き甲斐をなくして退屈しているとか、陸の電子機器をもっと船団に分けてくれ、とか。

その様子には、どこか気怠い虚脱感が感じられた。自分の望みが通らなかったときの、あの、がっかりした雰囲気に似ていた。

私は毎回メモをとり、手配できるものは、翌日以降に届けた。

燃料藻類や病潮ワクチンの生産工場で働き、海上都市の技術を目の当たりにしてきた海上民は、いまでは陸上民とほとんど差がないほど、陸の技術や知識を得ている。魚舟の中で暮らしていても、そこで使う道具は、だいぶ前から陸の便利な商品に置き換わっている。

世界の各連合に所属する福祉局や救援団体が、積極的に海上民の暮らしを支え、彼らがラブカにならずに済むように対処し始めていた。ラブカは海上社会の物資不足から生まれた集団だから、ここを補助すれば、これ以上増えないはずだという考えらしい。

もっとも、世の中はそれほど単純にはできていない。

支援物資は闘争を続ける手助けにもなってしまう。ラブカを減らすために始めたことが、活動の継続を助けてしまう側面もある。

だから、オクリスのような人間が、現場で微調整を行うのだろう。海上民を援助しつつ、陸の規則と常識でしばる。人を管理するとはそういうことで、陸上民はその技術に長《た》けている。

ナテワナの舟は、訪問しても、何度か見つけられないことがあった。以前そうだったように、魚舟を運動させるために沖へ出ているのかと思ったら、何日も帰ってこないのだ。そういうときには遠洋まで出かけているという。

オサには、他の船団と交流する習慣がある。マルガリータ周辺に近づこうとしない船団と話し合うために、特定の海域に集まることもあるのだ。

ピンときた。もし、ナテワナが従兄弟と連絡を取り合うなら、こういう機会を利用するだろう。

私はンギメル艇長に相談した。「ナテワナの舟に発信機をつけるか、無人機を利用して空から追跡できないでしょうか」

「魚舟に発信機をつければ、彼女らとの信頼関係はそこで崩れる。人間にタグをつけることすら嫌がる一派だ」

「では、どうすれば」

「都市の上空では気象観測鳥を常に飛行させているから、ナテワナの舟を常時監視させよう。遠洋に向かって泳ぎ始めたら追跡だ」

気象観測鳥は無人機だ。いったん空へあげると、メンテナンスの時期まで一度も地上に降りずに飛び続ける。そのため、上空から目標物を監視するのにも適していた。

ナテワナの舟——ウィラを目標物として設定したところ、彼女が大きく舟を動かすたびに通知を送ってきた。そのほとんどは、ウィラを運動させるための活動だったが、あるとき、もっと遠くまで泳ぎ始めたことがわかった。私は、すぐに巡視艇の進路を遠洋に変更させた。

私たちの追跡に気づけば、ナテワナは遠出をとりやめ、引き返すかもしれない。その場合でも、舟を止めさせ、乗り込んで事情を訊く手筈《てはず》になっていた。どこへ、なんのために出かけるつもりだったのかと。

勿論、ナテワナは適当に話をごまかすだろう。だが、それでもいい。陸の役人が警戒していることを伝えれば、ナテワナはラブカと接触しなくなるかもしれない。あるいは、もっと巧みな手段で連絡をとろうとするかもしれないが。

予想に反して、ナテワナは舟を止めなかった。潜水して振り切る気か？　いや、そんなことをしたら、後ろめたい行動をとっていると自ら告白するようなものだ。

ナテワナはそのまま舟を進めた。

やがて、前方に魚舟船団が見えてきた。

私は巡視艇をウィラに近づけた。上甲板のハッチが開き、居住殻から荷物を担いだ人が次々と出てきた。珍しいことに、ナテワナは自分の舟に仲間を乗せていたようだ。皆が上甲板に荷を並べていく。遭遇した船団からも人が出て、ナテワナの舟に乗り移る。荷物を担ぎあげ、自分たちの舟へ運んでいった。ナテワナはそれを指揮していた。

私が洋上から声をかけると、上から縄梯子がおりてきた。私はまたしてもマージェリィ副艇長に船を任せ、ひとりで魚舟に乗り込んだ。

上甲板に辿り着くと、私はナテワナに訊ねた。「この作業はなんですか。商品の取り引きでも？」

「マルガリータ界隈で入手した食料や生活用品を分けている」

「なぜ、彼らに直接取りに来させないのですか。そのほうが、こちらも正確に必要数を割り出せます」

「そのために彼らにマルガリータのタグをつけさせるのか？　冗談ではないよ」

ナテワナはぴしゃりと言い捨てた。「海上社会の物資不足については、嫌というほど知っているだろう。海上民同士で都合し合うのは当然の行為だ」

「では、相手の身元を教えて下さい。それぐらいは把握しておかないと」

「馬鹿を言うな。そんな情報を、おまえたちに教える義務はない」

ナテワナは悠然と私に歩み寄り、鼻が触れ合うかと思うほどの距離まで顔を近づけた。

「怯えて逃げるなよ」

「逃げるつもりなどありません」

次の瞬間、ナテワナは左腕を私の腰に回し、私の体を強く抱き寄せた。と同時に、彼女の右手は私の左腕をしっかりとつかんでいた。また海に放り込まれるのかと思ったが、彼女は耳元で素早く囁いた。「じっとしていろ。いま、データを渡す」

「えっ――」

「喋るな。音をひろわれる」

ナテワナは、しばらくのあいだ、恋人でも抱きしめるような格好で、私と体を密着させていた。彼女に抱かれるのは二度目だ。なぜ、こんなに頻繁に身体接触してくるのだろう。ナテワナの船団では、これは通常の挨拶の範囲内なのか？

レオーが、ピッと警戒音を鳴らした。私は、はっとなって自分の感情を振り払った。

やがて、ナテワナはそっと体を離し、これでようやく安心できるといった表情で、自分の右手をあげてみせた。いつもつけている翡翠色の腕輪の内側を見せた。私は愕然とした。

「それは――」

ナテワナはうなずき、服のポケットから紙片を取り出し、私に見せた。そこには、こう書いてあった。『巧みに偽装してあるが、これはおまえが使っているのと同じく、アシスタント知性体を搭載した腕輪だ。手首をつかんだときに、ここから、おまえの端末にプログラムをひとつ送り込んだ。承認してもらえるなら、以後は、陸上民に会話を盗聴されることはない』

私はそこに鉛筆で文字を書き加えた。――通信を妨害するソフトウェア？

ナテワナも筆談で返事をした。――それだとすぐに気づかれてしまう。自然な会話を自動生成して私たちが話しているように第三者に思い込ませる、偽装プログラムだ。

私はわずかに視線をそらし、少し離れた場所へ移動して、小声でレオーに確認をとった。

《レオー、情報防御壁を突破されたの？》

《さきほど、ナテワナのアシスタントと話した。ロアという名前だ》とレオーは答えた。

《礼儀正しいアシスタントだ。偽装プログラムは確かに受け取っている》

《いつのまに》

《アシスタント同士の会話だから、秒単位で交渉を終えて、決断だ。偽装プログラムがあるほうが、オクリス事務官の耳と目を気にせず君たちは会話できる。あったほうがいいだろう》

《そういう重要なことは、私の承認をとってからにしてよ——》
《承認をとる行為自体が、オクリス事務官に感づかれる可能性があった。実は、プログラムはまだ完全には展開していない。一部の機能を保留にしたままだ。君が反対するなら、いまからでも、それを駆除するプログラムを走らせる》
《オクリス事務官からも、プログラムを挿入されているんでしょう?》
《ロアが介入してきた時点で、そちらは一時停止している。それぐらいすごいものをナテワナは使った。大金を支払わなければ入手できまい。戯れにやったことじゃない。わかるか。彼女は君を、とても信用しているんだ。理由は不明だが》
《じゃあ、偽装プログラムのほうを優先して》
《了解》
私はナテワナに視線を戻した。
ナテワナが、にっと笑う。「ようやく本音で話せる機会を得たようだな」
「そんなに簡単に信用していいんですか。私が嘘をついているかもしれないと、お考えには?」
「おまえがそのつもりなら、早晩、我々の船団は告発されるだろう。その覚悟はある」
「わずかであっても、私があなたの話を聞くほうに賭けると?」

「どこかで本当のことを話す必要はあるからね。そもそも、我々は、いつまでもマルガリータ海域に住むつもりはない。うちの船団だけでなく、全員が近いうちに離れる予定だ」

「それは知っています。〈大異変〉が始まってから離れるのでは効率が悪いから――」

「そのとき急に命が惜しくなって、海上都市に無理やり入ろうとする者も出るだろう。そんな混乱を引き起こさないように、まだ空が青いうちに離れるつもりだ。目安としては、ラブカの闘争が一段落ついた頃になる」

「一段落つく目処《めど》が立っているんですか」

「彼らもいつまでもやらないはずだ。どこかで陸上世界と手打ちになる。それをきっかけに、我々もマルガリータから離れる」

「あなたの船団が、ラブカに協力しているという話も耳に入っていますが」

「確かに私の従兄弟はラブカに加わった。だが、それだけの話だ。支援もしていないし、頼み事はすべて断った」

「とても信じられません」

「信じるかどうかは、おまえ次第だ」

　ナテワナは書簡のやりとりについては話さなかった。そこに一抹の不安を覚えた。信頼は、レオーの能力と判断に対してあるのみだ。ナテワナ自身に対しては不安が残った。

か」

私は訊ねた。「生粋《きっすい》の海上民なのに、どうしてアシスタント知性体をお持ちなんです

「いまどき、陸の技術を使いこなせない海上民など皆無だ」と、ナテワナは笑った。

まだ何か隠していそうだと感じたが、問い詰めるのは怖かった。予想外の話が出てきたら、自分ひとりでは手に負えない。

「あなたがラブカとは無関係であることを、何がなんでも証明してほしいんです」私は強く出ることにした。「陸側は疑っています。このままでは、あなたの船団からの移住申請は一件も通りません」

「ふむ。では、どういう条件を呑めば申請が通るのだ？」

「船団員全員と魚舟にタグをつけて下さい。そうすればラブカの疑いは晴れます」

「ごめんだな。都市周辺の海上民にまでタグを強要するとは、どうかしている」

「そう仰るだろうと思っていました――。ですから、他に方策を考えたいのですが」

「そんなことより荷物運びを手伝ってくれ。まだ、かなりあるんだ」

魚舟同士のあいだには渡り板が置かれ、人々は荷物を背負ったり、頭に載せたりして、自分たちの舟へ運んでいた。私もひとつ担ぎあげ、指示されるままに、別の舟へ運んだ。

船団は、ごく普通の人々の集団に見えた。子供の姿が多いので驚いた。出産制限を行うマルガリータと違って、外洋では昔ながらの社会がまだ維持されているのか。つまり、魚舟も普通に生まれ続けているわけだ。複雑な気分になった。都市内では、もう、魚舟など忘れられつつあるのに。

私がリンカーの制服を着ていても、人々は気にしなかった。最近は支援団体との交流が多いので、どこの組織から誰が来ようが気にならないのだろう。

何度か舟と舟のあいだを往復し、荷物を運んだ先の住民と世間話を交わしながら、作業を終えた。

ナテワナは自分の舟の上甲板に日よけを立て、その蔭へ私を誘った。

子供時代の話を教えてくれた。昔ながらの海上民の暮らし。私が知識としてしか知らないこと。漁の話、遠洋での嵐の話、魚舟と共に生きて死んでいく人々の話。

「こんなふうに自由な連中だから、とても、タグの強要などできない。移住希望者には、私からよく説明しておこう。マルガリータに住むことはあきらめてくれと」

「そんな――」

「海上民は頭の切り替えが早い。毎日、自然を相手に闘っているから、運がないとわかれば、さっと考え方を変える。ぼんやりしていれば命に関わるのでな。あの家族のことは、今後も私がじゅうぶんに気づかおう。それで恨みは帳消しになるだろう」

「私はあきらめたくありません」

「では、がんばってくれ」

ナテワナは自分から「そろそろ帰ろう」と言った。

私はレオーに訊ねた。《偽装プログラムは、まだ機能している？》

《問題なく》とレオーは答えた。《少なくとも、当分は問題なく使えそうだ》

これがあれば、これからもナテワナと突っ込んだ話ができる。

ナテワナは自分たちを信じてくれと言った。私だって信じたい。でも、どうすれば、陸のお役人を説得できるんだろうか。


私は都市へ戻ると、ンギメル艇長に現状を報告した。ナテワナが移住の件をあきらめると言ったことについて、ンギメル艇長は「残念だな」とつぶやいた。

「問題があるのは陸の管理局のほうなのに」

「ええ、私は市長に直訴したい気分です」

「市長にも最初の段階で報告は届いているはずだ。それで動けないなら、やはり、オクリス事務官の心を動かすしかない」

「あの頭が固そうな人が動くでしょうか」

「やるんだ。正面突破だ」

# 6

私は管理局へ報告書を送付し、オクリス事務官に面談を申し込んだ。ナテワナと話し合った結果について、口頭で説明したいと。

幸い許可が下りたので、都市の会議室で話すことになった。室内にはオクリス事務官と私だけ。事務官のアシスタント知性体・サピも同席した。

「――というわけで」と、私は報告書の内容を前提に話を進めた。「彼女の船団とラブカとの関係を示す証拠は何ひとつ見つかりません。例の船団員の移住許可を頂きたく存じます」

「まだ様子を見なければなりません」オクリス事務官は言った。「この報告書だけでは足りない」

「何が不足ですか。彼女と交流がある船団にも聴き取り調査を行い、不審な動きは確認されていません」

「彼女は、ときどき単独でマルガリータから離れますね。なんのためですか」

「魚舟を運動させるためです。生きものですから、活発に体を動かさないと病気になってしまいます」

「そのとき、外と連絡を取り合っていませんか。そこまで調べましたか」

「お疑いになるなら、彼女が魚舟を運動させているところをご覧になっては如何ですか。あの美しさには胸を打たれますよ」

「美とは、人を欺くために最も有効に働く表象のひとつです」

さすがにこれは頭にきた。「これだけ話しても信用して頂けないとは。リンカーたちの能力も疑っておられるということですか」

「あなた方こそ、陸上民とラブカとの闘争をなんだと思っているんですか」オクリス事務官は口調を強めた。「あれはもはや戦争ですよ。この海域からは想像もつかないでしょうが、あなたと同じ世代の若者が、戦いの中で次々と散っているのです。ラブカは、どれだけ警戒しても警戒しすぎにはならない。それとのつながりが疑われるのであれば、徹底的に調査し、排除すべきです」

オクリス事務官の口調には、冷たさと同時に奇妙な熱がこもっていた。

固い。崩しようがない。

私は思い切って訊ねてみた。「失礼ですが、事務官はラブカに対して、何か個人的な感情をお持ちなのですか」

「なぜ、そんなことを？」

「ナテワナへの追及が厳しすぎるからです。はっきり申し上げるなら、この海域に、ナテワナを危険視する者など、ひとりもいません。海上都市の皆さんは、あなたが北半球から来られた事務官だから気をつかって、厳しいことを言わないだけです。こちらは、本来のんびりとしたものですよ。あなただけが力んで腕を振り回しているのだと、お気づきになりませんか」

「それは私の仕事に対する侮辱だ」

「触れたくないのであれば別に構いません。それこそ、プライバシーの侵害ですからね。でも、ここにいる海上民は、いざとなれば、陸側ではなくナテワナの味方をします。マルガリータ海域で暮らす海上民は、都市に移住した人も周辺の海を漂う人も、みんな家族です。リンカーという職種が成立するのは、誰をも大家族の一員と見なすからです。そこを無視して押そうとするなら、最終的に弾かれるのは事務官のほうであり、あらゆる陸側の組織もそうなります」

「ならば陸側は、マルガリータ海域の海上民をすべてラブカと認定するだけです」

「そのような暴挙は、世界中の外洋公館と人権擁護委員会が許さないでしょう。私たちには陸側の賛同者もいます。マルガリータは、陸上民と海上民が手を取り合ってつくった楽園だと聞いています。建設理念を少しでもご存じなら、皆を疑うほうがどうかしているとわかるはずです」

「では、タグをつけて下さい」オクリス事務官は引き下がらなかった。「マルガリータ・コリエに移住するかどうかにかかわらず、周辺海域の海上民すべてがタグを取得すれば、管理側は個人と船団の追跡が可能です。ラブカではないことの証明にもなります。ナテワナを説得できませんか」

「それは最も難しいお話かと――」

「無理だというなら、我々はいつまでもナテワナを疑うだけです」

そのとき、サピが「そろそろ、お時間です」と声をかけた。私のほうを向き、視線を合わせて言った。「よろしいでしょうか？」

「あ、はい」私はぎこちなく応えた。ヒト型知性体と会話する機会はめったにないので、どうもワンテンポ遅れてしまう。物珍しいので視線が吸い寄せられて、つい喋るタイミングを逸するのだ。「何かありましたら、また、何度でも訪問致しますので」

「ありがとうございます。リンカーの方から貴重なお話をうかがうのは、私どもにとって大切な仕事のひとつです」

人間よりもアシスタント知性体のほうが腰が低い。どうかすると、アシスタントのほうが人間的な対応をしているように見える。不思議な気分だった。

オクリス事務官は「では、また」と言って椅子から立ちあがると、さっさと会議室から出て行ってしまった。

サピは彼のあとを追わず、残って、まだ私の相手をしてくれた。「申し訳ありません。今日の事務官は、少し言葉が過ぎたようです」

「事務官のアシスタント知性体って、本人の代わりに謝罪するんですか」

「はい。パートナーの対応が不適切であった場合、それをいさめたり、本人の代わりに謝ったりするのも我々の役目です」

「私が持っているこれとは、ずいぶん違いますね」私はレオーを見せながら言った。「私のアシスタントは私の代わりに謝ったりはしません。人間が行ったことは人間が謝り、言い訳するのが普通です」

「あなたが私の行動を奇異に思われるのも無理はありません。アシスタント知性体がパートナーの業務を代行するのは、陸上世界ではよくあることなのです。同スペックのアシスタント同士であれば、数秒あればやりとりが終わります」

「なるほど。皆で同じようにやっているなら効率がいいですね」

「リンカーと事務官とでは立場が違いますし、ましてやオクリスは陸上民ですから、彼の言葉を厳しく感じても、あまり気にしないでやって下さい。むしろ、率直にあなたの意見を聞かせるほうが、問題解決のための道のりは縮まるでしょう」

「ありがとうございます。事務官のアシスタント知性体から、ご助言を頂けるとは」

「我々の任務は物事を最良の地点まで導くことです。そのためなら、いくらでも私をお使い下さい」

私はちょっと感動した。それと同時に、こんなに人あたりのよい存在がレオーに監視プログラムを送り込んでくるのだから、陸側は、やっぱり油断ならない存在だと、少し怖くなった。

## 7

数日後。

巡回途上、獣舟が養殖場を襲っているという知らせが飛び込んできた。第四都市の海警が出動し、獣舟を追い払う作業に入っていた。

巡視艇のブリッジで受信映像を見て、私たちは啞然となった。

厚みのあるクッションに似た密閉型養殖場の屋根で、何頭もの獣舟がうろうろしていた。すべて上陸型に変異した獣舟だ。ワニが日向ぼっこしているみたいな光景だった。

彼らはときおり、太い尾で養殖場の屋根を叩いた。勿論、それぐらいでは屋根は壊れないが、そうやって強度を探っているのではと思えるほど、意図的な行為に見えた。

何頭かの獣舟は口に大きな石をくわえ、頭を左右に振りながら屋根にぶつけている。頭上に石を放り投げ、屋根に落とす行為を繰り返す個体もいた。遊んでいるのではなく、本気で屋根を壊したいのだろう。

「獣舟って、こんなに知能があったんですか！」ブリッジの乗員が素っ頓狂な声をあげた。

「野生動物でも道具は使いますが、これは――」

「変異種では」と私は言った。「もともと知能の高い生物です。でも、ここまでの行動は初めて見ます。何がなんでも屋根を割って、中にあるものを食べたいのでしょう。獣舟の目には、養殖場が巨大な二枚貝に見えるのかもしれません」

「海中の映像を出します」と別の乗員が告げた。二番目の画像が投影された。私たちはまたしても画面に釘づけになった。

屋根の上にいる獣舟たちよりも多くの個体が、養殖場の周囲を泳ぎ回っていた。養殖場は海水の入れ替えで、どうしても内部の水を外に出さざるを得ない。その匂いで獣舟をひきつけてしまうことは想定内だったので、脱臭フィルターを利用して生きものの匂いを消してから海中に放出しているのだ。それでも、微かな匂いに気づき、寄ってきたと見える。

海中の獣舟は、養殖場と都市をつなぐ橋の一部を気にしているようだ。人間や運搬用の非ヒト型自動機械が通る扉があるのだが、構造的にそこが弱いと気づいたのか。扉さえ突破すれば、確かに中へ入れるのだ。

〈子亀〉が何機も獣舟のまわりを泳いでいた。しかし、獣舟たちはまったく気にせず、試行錯誤を続けている。〈子亀〉が出す音波に影響されない個体なのだ。あれだけ間近で音を鳴らされれば、普通の獣舟にとっては相当煩わしいはずだ。なのに一頭も逃げようとしない。

これでは、私たちが応援に駆けつけても無駄だ。そのまま様子を見ることにした。

やがて、海上を映した画面で発砲が始まった。海警の狙撃銃に頭を撃たれた獣舟が、養殖場の屋根を滑り落ちる。海面で水飛沫があがった。

異変に気づいた獣舟たちが自分から海へ飛び込んでいく。狙撃銃の狙いは彼らを追跡し、体躯や尻尾の付け根に次々と弾を撃ち込んだ。

海面が泡立って荒れた。血の匂いにひきつけられた海中の獣舟が、仲間の体を食い荒らし始めた。腹が膨れたら、今日はここから引きあげるだろう。

しかし、何度も訪れるうちに、扉を破ってしまうかもしれない。

数時間後、私たちは都市の対策会議に呼ばれた。オクリス事務官も同席していた。

今日、養殖場を襲った獣舟たちはどこから来たのかと問われた。巡視艇が音響装置をまいているのに、なぜ彼らは都市の近くまで到達できたのかと。

巡回は行っていましたと私は答えた。おそらく、モルネイドが出す周波数をものともしない個体がいて、それらが集まってきたのだと思いますと、率直に告げた。

「では、巡視艇にも狙撃銃を搭載する必要がありますね」と対策委員のひとりが言った。

「獣舟が、こんなに早く、こちらの環境に適応するとは思いませんでした。現在、海軍と海警のみに許されている武装を、リンカーにも許可するべきでしょう。獣舟とまっさきに出会う率が高いのはリンカーなのですから」

「それは難しい。武装しないからリンカーになった者も多いのですよ」

「獣舟の問題は、どこかで深刻化するとわかっていました。本当は、モルネイドを軍事用の機種に変えてもいいほどですが、海上民の文化に考慮して、それは避けてきた。今日の出来事は、それがもう通用しなくなったことを我々に教えたと言えるでしょう」

私は言った。「オサ・ナテワナは、このような状況が来ると警告していました。いずれ、獣舟は環境に適応しきって、我々の手には負えなくなると」

オクリスが口を挟んだ。「それは攻撃の予告だったのでは」

「どういう意味ですか」

「彼らは獣舟を操る技術を持っているのかもしれません。今回の一件は、彼らの誘導で生じたのかもしれませんよ」

「なんのために、彼女たちが獣舟を誘導したというのですか」

「マルガリータを混乱させ、その隙にラブカを侵入させるためです」

「獣舟に荒らされたあとのマルガリータに利用価値はありません。獣舟は、勝てるとわかったら、ここに棲みつくかもしれないんですよ。そうなったら、ラブカも餌になってしまう」

「ですから、彼女たちは獣舟を追い払う手段も持っている可能性がある」

「どこにそんな証拠が」

「これから探すのです」

「呆《あき》れました。最初から犯人扱いですか。それは海上民に対する人権侵害であり、海上文化に対する侮辱と攻撃だとわかっていますか」

　議長が割って入った。「おふたりとも穏やかにお願いします。まず、オクリス事務官。マルガリータ海域にいる以上、どの船団の人間も我々の『家族』です。海上社会では、家族の絆は、陸以上に強い信頼関係を持つ。彼らや我々の名誉を重んじて下さい。ご理解頂けない場合には、まず、文化的な相違に関する話から始めましょう」

　オクリス事務官は素直に頭を下げた。「承知致しました。マルガリータ海域の特殊性については、私も理解しているつもりです」

「では、次に銘艇長《メイ》」議長は私に呼びかけた。「オサ・ナテワナと、もう一度、獣舟のことで話し合って頂けませんか。獣舟のことは彼女たちのほうが詳しい。変異を予想していたのであれば、対策についても考えているはずです。仮に打つ手なしだとしても、彼女たちの意見を聞いて下さい。これ以上は、彼女たちを無視して獣舟を撃てません」

「了解しました」願ってもない指示だ。「必ず聞き出します」

　獣舟に対する発砲は重要な問題だったので、各船団のオサへ無線で連絡された。皆が不安になることを見越して、都市側は、公的にオサたちと今後のことを話し合いたいと付け加え、都市での会議の日を設定した。

勿論、参加するしないはオサたちの自由だ。けれども、ほぼ全員が出席するだろうと私は考えていた。だからこそ、会議の前にナテワナと会っておきたかった。

いつものようにナテワナの舟を訪れ、上甲板にあげてもらうつもりだった。獣舟の件で話があると言えば、ナテワナも拒否はするまい。

実のところ、オクリス事務官が来なければ、私はもっと都市側の意見に従っていたかもしれない。だが、オクリス事務官と話をすればするほど、反発する気持ちが強くなった。ナテワナ側に心が傾きつつあった。

私はレオーに向かって、そっと告げた。「仕事が一段落ついたら、ナテワナと一緒に遠くの海へ出かけたいな。やっぱり、都市にいるだけじゃわからないことが多すぎる」

「行く場所や目的にもよるが」とレオーは言った。「自由にふるまいたいなら、私を都市へ残していくべきだな」

「どうして」

「私はいろんなプログラムを搭載している。持ち歩くだけで君の居場所が知られる。場合によっては、それは避けたほうがいい」

私はびっくりして訊ね返した。「どこへ行くにしても、レオーが一緒だと思っていた」

「そうはいかんこともある。わかるだろう」

確かにレオーを連れている限り、位置情報をとられて、陸から追跡される。いったんレオーを初期化したとしても、どんな隠し機能をもとに、追尾されるかわからないのだ。陸上民が、親切心だけで、この装置を私に与えてくれたはずはないのだから。

誰とどこへ行くか——その選択によっては、私は、レオーを都市で留守番させておく必要がある。

「——ごめん。そういうの、考えたこともなかった」

「私には『悲しむ』という感情などないから気にするな。君が『これは正しい』と思う選択をすればいい。アシスタント知性体は、どんな仕打ちを受けても、人間を恨んだりはしない」

「ありがとう。あなたなら、この状況をどうする？」

「アシスタント知性体には絶対に回答できんこともある。だから、こういうときには好きにしろ。機械知性よりも人間の判断のほうが正しかったという事例は結構ある」

「——わかった。じゃあ、自信を持って好きにするよ」

舟を訪問すると、ナテワナはいつも通り私を上甲板にあげてくれた。今日も彼女ひとりきりだった。

獣舟の話を切り出すと、だから言わんこっちゃないと怒られた。「モルネイドを使った対策が、音響兵器に抵抗できる個体を選択的に呼び寄せたのだ。浅い考えで技術を使うとこうなる。都市側は自分たちが何を考えているのか、わざわざ獣舟たちに教えてやったようなものだ。敵意を向けられれば、どんな生きものだって怒る。怒るのは人間だけじゃない」

「オサ・ナテワナ。あなたなら獣舟を傷つけず、追い払う手段をご存じなのではありませんか。どうか会議でそれを提案して、皆を助けて下さいませんか」

「なぜ、そんなことをする必要がある。都市側が招いた災いだ。都市側が判断して獣舟を排除すればいい」

「都市側に任せたら、たくさんの獣舟が殺されます」

「それでいい。海上民は、これまでずっと陸側のそういった対応を黙認してきた。獣舟が危険な生きものであることは海上民も承知しているし、陸上民の命の重みも知っている。海上民は獣舟の在り方に敬意を抱いているが、盲信しようとまでは思わん。殺したければ殺せばいい。都市と陸上民が管理能力の無さをさらけ出すだけだ」

「何もしないのですか」

「違うね。何もしたくないだけだ」

私たちはしばらく無言で見つめ合っていた。私は、ナテワナが積極的に獣舟を救う手段を提示してくるはずだと信じていたが、どうやらそれは間違いだったらしい。

難しい。都市の外に住む海上民の気持ちは、同じ海上民であっても私にはわからない。

ナテワナは言った。「獣舟のことを知りたければ彼らと一緒に泳ぐといい。勇気があるなら体験させてやろう」

「そんなことをしたら一瞬で食われます」

「素で泳げなんて誰が言った？　本当は上甲板で見てもらいたいが、うっかり海に振り落とされると獣舟の餌だからな。船首に全方向カメラを設置してあるから、データゴーグルを持っておいで。それを無線接続して、ウィラの居住殻で見ればいい」

「えっ。カメラがあるんですか」

「いまどきの海上民はみんな使っているよ。特に、ひとりで操船する者は」

翌日、ナテワナの提案に従い、私はデータゴーグルを持参してウィラに乗せてもらった。

居住殻内で機器を立ちあげて接続先を探してみると、確かに中継器が検出された。

受信状態は極めてよい。

船首のカメラから居住殻の中までは有線で、居住殻内のどこかに置かれている中継器とデータゴーグルが無線接続されるようだ。

透過型ディスプレイとしても使えるゴーグルだが、ウイラが動き始めたら、不透過型に切り替えて映像の中に没入する形になる。

ナテワナは私に言った。「私は音響孔にこもりきりになるから、何があっても絶対に声をかけるな。こちらが判断を誤ると、ウイラごと獣舟に食われるぞ」

「それは嫌です」

「だったら約束を守ってくれ」

音響孔は居住殻の最奥部から魚舟の音響器官につながっている。莢《さや》のような空間があって、海上民はそこへ潜り込んで、潜降する魚舟に指示を出すのだ。

それと同時に、音響器官から伝わって音響孔の壁を震わせる音波は、海上民の脳内に音響地図を作り出す。聴覚が作り出す海中地図だ。魚舟が海中で見るものを、海上民も音によって見るのである。

ナテワナが音響孔に潜り込むと、私は居住殻の床に敷物を置き、その上であぐらをかいた。床はざらざらしており、魚舟が潜ったり浮上したり急速に泳いでも、ちょっとやそっとでは転がらずに済みそうだ。生活用品は、壁に引っかけられた物入れや床に固定された箱の中である。振動で、それらが居住殻内を跳びはねる心配はない。

ざらつく床を指先でなでていると、私の中で、ふいに何かが甦ってきた。リンカーとしての仕事で、これまで何度も各船団を訪れ、ときには居住殻までお邪魔している。なのに、この感覚はなんだろう。自分はこの感触に覚えがある──。

四歳までの記憶の一部が、また、ぼんやりと甦ってきたのだろうか。幼い頃、私は魚舟の居住殻内で、何か特殊な経験をしているのか。だとしたら、それはなんだ？

がくん、と魚舟全体が揺れた。ウイラが泳ぎ始めたのだ。

ゴーグルの端を指で叩き、ディスプレイを不透過型に切り替えた。たちまち居住殻内が外の景色と切り替わる。カメラは船首にあるので、空中に浮かぶような視点で景色を見ていた。

遙か彼方を水平線がくっきりと区切り、足下では波がうねっていた。若干の雲が空を流れていく。三百六十度をカバーする映像は鮮明で、私の視線や首振りの角度に合わせて、つなぎ目なく移り変わった。視覚に関しては、上甲板で風景を眺める場合との誤差は小さかった。現実と異なるのは、風や気温を感じられないこと、カメラに付属のマイクを通した音なので若干の雑音がかぶさることだ。

ざわざわする気持ちを抱えたまま、私は姿勢を保ちつつ、中継映像に集中した。この視点の高さは、海面近くを飛ぶ鳥の視点に似ていると感じた。

心臓が高鳴る。思い出が甦ったわけでもないのに。

海面の動きと風の音で魚舟の速度がだいたいわかった。まるで機械船みたいに進んでいる。ものすごい筋力だ。ただの映像なのに、ときどき、顔に水飛沫がかかったように感じた。まさにその名が示す通り、雷の如く神魚の如く、大気を引き裂くような勢いで泳いでいく。

ウイラは、マルガリータ・コリエからどんどん離れていた。どこを目指しているのか。目標物は見えない。先日のように、近くに船団が集まっているわけでもなさそうだ。

しばらくするとウイラは速度を落とした。慎重に何かを探るように頭を左右に振る。

近くの海面が乱れた。荒波の合間に黒い影が見える。獣舟たちが潜水や浮上を繰り返していた。何頭もいる。人工藻礁《アートリーフ》は見あたらない。獣舟たちは狩りの途上か、もしくは、腹が膨れたので休憩中か。ウイラは、ある程度までは安全と判断して近づいているのだろう。いま、獣舟たちは、満腹状態のサメに近いのかもしれない。

ぐうっと船首側が持ちあがり、視線が上方向へ跳ねあがったあと、カメラは水中へ突進していった。ウイラが海面下へ潜ったのだ。一瞬、画面が真っ暗になったのち、自動で光量が調節されて青い色味が戻ってきた。さほど深く潜ったわけではなく、陽光が針のように海面から射し込んでくる。このあたりの海だと、深度三十メートルあたりまではこんな感じだ。四十メートルを超えると少し暗くなり、五十メートルあたりからは怖いような暗い青に急速に変わっていく。百メートルぐらい潜ると夕闇の中に沈む感覚になる。そういったことを、私はリンカーになるときの研修で実際に潜って覚えていたが、魚舟に乗って潜降するのは初めてだった。

音響孔のナテワナは、この光景を音で把握しているはずだ。魚舟が反響定位によってつかむ海中の画像を、振動膜が伝える音波によって、ナテワナも共有するのだ。

獣舟の群れは私たちを警戒しながら、左右に方向を変えながらゆっくりと泳いだ。先日見た個体と同じく、もはや魚ではなく、ワニに似た独特の姿になっていた。

長い口吻の中に並ぶ鋭い歯がときどき煌めいた。爪は陸上の猛獣みたいだ。あの長い尻尾で打たれれば、人間など即死する。

なんとも勇敢なことに、ウイラは、徐々に群れに近づきつつあった。鳴き声はたてない。下手に呼びかけると獣舟を刺激してしまうのか。

こんなに近くまで寄れるのは、これまでも何度か交流したことがある群れなのだろう。

ウイラは、つかず離れずといった距離で獣舟たちの周囲を泳いだ。

間近で見て初めて、私は、獣舟の目に滲《にじ》む感情の色に気づいた。魚舟と同じく、獣舟の目も体の大きさに比してかなり小さい。黒目がちだが、かわいらしさはなく、目の焦点が合っているような合っていないような、ちょっと不気味な雰囲気も魚舟と同じだ。

獣舟たちの目つきは確かに鋭かったが、そこにあるのは怒りでも呪いでもなく、ただ、世界の一部として存在するものの迫力に満ちていた。生きものが内包している炎——死ねばその瞬間に失われるあの輝きが、獣舟の目の奥でも確かに燃え盛っていた。

獣舟たちが微かに鳴き声を発した。キーンと響く甲高い声でウイラを測り、様子をうかがう。力では自分たちのほうが強いのだから、下位の存在が、なぜ自分たちに近づいてくるのか不思議に思っているのかもしれない。あるいは、もとは同じ種族だということを理解しており、ヒトには想像もつかない思考を巡らせているところか。

一頭の獣舟が、ふいにウイラに向かって突進してきた。ウイラは器用に身をよじって避けた。船首のカメラが獣舟のざらざらした皮膚を間近に映し出し、そのあまりの迫力に私は声をあげてしまった。

獣舟の目が、一瞬、こちらを問い詰めるかのように睨んだ。レンズの向こうに私がいることに気づいたみたいな反応だった。獣舟に心の底までのぞき込まれた気がして、背筋がぞわっとした。陸や海上都市に住むヒトが、彼らに敵意しか持っていないことを責められた気分だった。

しかし、不思議とそこに不愉快さは皆無で、強い酒を一気に呑んだときの、あの苛烈な心地よさが胸の奥を走り抜けた。

そのとき、また何かが私の中でふわっと甦った。このうっすらと暗い青色の中を、幼い頃、ひとりで漂っていた――という記憶。本当にそうだったのか、何か別の体験を、頭の中でそのように置き換えているだけなのか。

獣舟は次々とウィラに向かってきた。体当たりできそうなほど間近を通り過ぎていく。ゴーグルを通した映像を凝視していると、肌の上を海水や泡が滑っていく錯覚を生々しく感じた。

自分の全身がセンサーとなって、魚に似た異様な感覚が生えたかのようだった。獣舟たちはしばらくウィラと戯れていたが、やがて、すっと離れて尾をこちらへ向けた。遊ぶのに飽きたのか、ウィラが益にも害にもならないとわかって退屈したのか。

ウィラも獣舟たちを呼びとめようとはしなかった。獣舟たちは遠くへ去り、ウィラは正反対の方向へ回頭し、マルガリータ・コリエに向かって戻るコースをとった。

海上都市に辿り着く前に、ウィラは鰭を回すのを止め、波間に留まった。

音響孔からナテワナが出てきた。私はゴーグルを外して彼女の様子を確かめた。ナテワナは、汗びっしょりになっていた。獣舟との遭遇は、やはり、かなりのストレスだったようだ。

ナテワナは給水装置から器へ水を注ぎ、一息で飲んだ。私も腰に提げていた水筒を持ち、蓋をあけて飲んだ。綺麗な真水は貴重品なので、常に持ち歩き、船団側には負担させないのがリンカーとしての掟だ。

「怖かったか」とナテワナは私に訊ねた。

「ええ、まあ」私は曖昧に応えた。「なんと言えばいいのでしょうか――言葉にできぬものに触れた気がします。雄大という言葉ではとうてい語り尽くせない、偉大なものに。それはヒトにとって、必ずしも善とは言えないのでしょうが」

「おまえたちが殺そうとしている生きものの姿だ。よく覚えておいてくれ」

リンカーが獣舟駆除に駆り出されることはないので、殺すのは海警か海軍の仕事になる。だが、そう言ってよい場面とも思えなかったので黙っておいた。ナテワナから見れば、誰が殺そうが、獣舟が殺されるのは自分たちの〈朋〉が殺されるのと同じだ。

「それよりも、ひとつ気になることが」

「なんだ」

「この居住殻に入ってから、ずっと考えていました。私は、ここを知っているような気がします。ちょっと懐かしい気持ちを覚えたんです。たぶん幼少期の記憶だと思うのですが、何かご存じありませんか」

ナテワナは私をじっと見つめた。

ああ、前にも同じ目で見つめられたと私は思った。この人は、なぜ私を、いつもこんな目で見るのか。その美麗な模様に彩られた顔で。

「細部まで思い出したのではないんだな」

「はい」

「本当に何も？」

「すみません。私、鈍いので――」

「性格は関係ない。それが陸の技術だ。人間の記憶を操作する」

「自分でも疑ったことがあります。陸には、人間の記憶を消す技術があるそうですから。でも、そんなことをしなくても、幼い頃の記憶って自然に消えますよね。幼児期健忘っていうんでしょう？」

「そういった記憶は、脳から完全に消えているわけではないのだ。人がそれを思い出せぬのは、四歳より以前にはエピソード記憶が発達していないからだと言われている。時間・場所・自分の感情――これを関連づけて記憶できる能力がエピソード記憶だ。『自分の歴史』を自覚できるのは、この能力があるからで、これが切れていると体験を思い出せない。陸上民の記憶操作の技術は、ずいぶん昔から発達していてね。特に、嫌な記憶・トラウマになっている記憶を消すのは比較的容易だった。昔は、帰還兵や犯罪被害者の治療によく使われたのだ。ひどい記憶に苦しむ人の心を救い、しあわせにするために進歩してきた技術だ。決して、人の尊厳を損なうために始まった研究ではない。だが、その途上で利用範囲が広がった。そういうことだ」

私はナテワナが何を言いたいのかようやく理解し、目を見張った。「あなたは、私が幼かった頃をご存じなんですか。私たち、マルガリータ・コリエで初めて会ったわけではない？」

「――そうだ」

「いつ？」

「汎アの海洋環境整備政策に追われて、アジア海域からたくさんの船団が南下してきたとき――。オセアニアに古くから暮らす船団とのあいだにトラブルが起きた。これは有名な話だから知っているだろう。ただ、お互い、海上民同士だからね。うまく助け合っていた集団もわずかにあった。おまえの船団は、その幸運に恵まれたひとつだ。我々はお互いの船を行き来するほど親しくなって、おまえも、こちらの船団の居住殻によく遊びに来た。その頃は、私もまだウィラには住んでいなかったがね。家族や親戚の舟は血のつながりがあるからよく似ている。おまえの記憶にあるのは、たぶん私の両親の舟だ。それはウィラとよく似ていた。外見も居住殻の中も」

「私が、あなたと遊んでいた？」

「そう。サイコロを振って貝殻を取り合うゲームをしたり、貝殻をどこまで高く積めるか競ったり。我々はいつも一緒だったよ。おまえは何ひとつ覚えていないようだが」

まったく思い出せなかった。これほど詳細に教えてもらっても、この居住殻の床に指先で触れたときに感じたあの印象や、獣舟を見て畏怖を覚えたあの感情だけしか、まだ定かではない。それ以上のものは、いくらがんばっても甦ってこなかった。

「おまえは本当に、忘れ去ってしまったのだな」ナテワナは泣き笑いのような顔で続けた。「私と遊んだことも、船団の仲間たちの親切も。それがマルガリータに住む海上民になるってことだ。おまえたちはそれを受け入れた」

「私が自分から記憶を捨てたわけではありません！」

「わかっているよ。だからもう――。とにかく座ろう」

私は再び腰をおろし、ナテワナは私の向かいに座った。

ナテワナは言った。「おまえの両親は、記憶操作がおまえをしあわせにすると考えたのだろう。移住のための必須条件だったのかもしれん。よく考えてみてくれ。せっかく移住させて陸上民の技術や生活を覚えてもらっても、外洋への郷愁から再び海へ戻ると言い出す者が絶えなかったら、なんのためにマルガリータを造ったのか、ということになる。陸上民は海上民を救うためにあの都市を造った。少しでも多くの人に都市の居住区を振り分けたいと。それ自体は本気だったと私も耳にしている。だからこそ、〈大異変〉が来る日まで、海上民が頻繁に移住申請とキャンセルを繰り返し、陸上民がそのつど新しい移住者に陸の技術と生活を教え直すとなったら、陸上民にとっては悪夢だ。ならば、移住希望者の記憶をいじってでも、移住そのものを完璧にしたいと考えるだろう。多少は人間の尊厳に介入してでも」

「でも、そこに私の意思は反映されていなかった」

「幼児だからな。それを考えるのは大人の務めだ」

ナテワナと話しているうちに、私はあることに気づき、ぎょっとした。

学校に入ったとき——出自が違うのに、似通った雰囲気を漂わせていた学友たち。もしかしたら、全員が幼少期の記憶を消されていたのか？　私たちは都市の価値基準からはみ出さないように脳をいじられた子供たちで——私もそのひとりだったから、あんなに馴染みがよかったのか？　皆、まっさらだったのか？

この船団を訪れたときから、ナテワナが私と関わり続けていた理由が、ようやく腑に落ちた。私を抱えて海へ飛び込み、ウイラを見せたことも。今日、獣舟を見せてくれたことも。すべて、私の幼少期の記憶を刺激するためだ。思い出を甦らせたかったのだ。だが、もう――。

「ごめんなさい」としか言えなかった。言葉は喉の奥に詰まり、そこからあがってこなかった。こんな返事をしたいわけじゃない。でも。「私、どうしても思い出せません。子供時代のことを。一生懸命、思い出そうとしても――」

「いいんだ。いろいろと無理を言ってすまなかった」

「そんな」

「都市が獣舟を駆除することに対しては、すべて予定通りに進めてもらっていい。事前に説明は聞きたいが。それを見届けたら、我々はこの海域から去るつもりだ」

「えっ」

「わかるだろう。我々は同じ海上民であっても、これほどまでに考え方が異なってしまった。おまえたちは陸の技術と価値観を受け入れて海の文化を捨てた。記憶まで捨てて都市に適応しようとした。いよいよ、世界の終わりが訪れるのだ。命を何よりも尊いと考えるなら、それも選択肢のひとつだ。おまえたちは、命の重みを一番に考えるがゆえにその生き方を選んだ。いまはまだ我々を理解できるように言うが、あと十年も経てば、都市に移住した海上民は外での暮らしなどまったく忘れる。魚舟も獣舟も気にしなくなる。かつて、それらが自分たちの〈朋〉だったことも。忘れたという事実を、なんとも思わなくなる。わかるか。それが、特定の人々に対して、民族を捨てさせるってことなんだ」

言い返せなかった。〈大異変〉が来て、人々が完全に海上都市の内部に閉じこもれば、その時点で海上民の文化は消えるのだ。私たちは都市で暮らす通常のヒトとなる。かつての海の文化はすべて消え、海上民という民族は消えてなくなる。

私はなんと応えていいのかわからなかった。ただ、黙っているのも違うような気がしたので、思い切って言った。「マルガリータの移住者は、いずれは、マルガリータ独自の文化を創りあげるでしょう。陸上民でも海上民でもない民族の生き方を——。私は、その努力まで否定したくはありません」

ナテワナは黙っていた。

私は訊ねた。「タグを取得するつもりはありませんか。タグさえあれば、陸の事務官は、あなた方をマルガリータの一員として認めると言っています」

「陸の都合など知ったことか」

「そうですか。では、せめて、ここから立ち去るときには事前に教えて下さい。各所に連絡を入れねばならないので」

私はそれだけを告げ、舟から降りた。

その日、私は家に帰ってから、自分の部屋に閉じこもった。

長いあいだ泣いていた。どうして泣けてくるのか自分でもわからなかった。ただ、涙が溢《あふ》れてきて止まらなかった。ナテワナに悪いことをしたと感じ、胸が苦しかった。リンカーは海上民を助けるのが仕事なのに、ナテワナのほうが私を助けようとしていたなんて――。

幼い頃の数日間は、大人が感じる何ヶ月にも思えるのだという。子供時代の時間は圧縮されているのだ。子供は大人みたいにぼんやりとはしていない。わずかな時間を永遠みたいに感じる。その時代に私とナテワナが味わった感情は、大人になったいまでは想像がつかぬほど濃密なものだったのだろう。

ナテワナはそれをずっと覚えていたのだ。私と再会したときに、私が誰だかすぐにわかるほどに。大切な思い出だったのだ。なのに、陸上民の技術は完璧で、私の失われた記憶は遙か彼方へ消え去ってしまった。

「明日から、どうすればいいのか」私はレオーに泣きついた。「世の中のすべてが、もう欺瞞《ぎまん》にしか見えない」

レオーは答えた。「選択を迷っているなら、すべてを放棄するのもひとつの手段だ。ンギメル艇長に休暇申請を出しておこうか」

「そういう問題とは違う」

「じゃあ、どういう問題だ」

私は自分の胸を叩いた。「ここが苦しいの。ナテワナのことを思うと胸が張り裂けそう」

「そういえば夕食もまだだったな。いまからでも腹に入れたほうがいいぞ」

「いらない」

「人間は腹が減ると思考力が落ちるのだ。スープを飲むだけでも気分が落ち着くと思うよ」

「飲むのは落ち着いてからにしたい」

「ふむ」

「ナテワナを——このままにしておけない。あまりにも可哀想すぎる」

「彼女は自分の意思で行くんだ。遠洋へ去ることが、彼女たちにとっては民族と文化を守ることだ。それは誰にも止められん。『可哀想』とは違うだろう」

私はまた悲しくなってきて、さめざめと泣いた。

レオーは言った。「まるで、今日生まれてきたかのような泣き方だね」

「だって、ナテワナのことを考えると苦しくて」

「どれほど立場や考え方が違っていても、君たちは海上民同士だ。そして、ただの人間だ。古い記憶の有無は気にしなくていい。君たちは、いまの君たち同士を見て惹かれ合ったのだろう。違うのか？」

言われてみれば、そうではある——。そろそろ泣き草臥《くたび》れていたこともあり、レオーの言葉で少しだけ気が楽になった。

レオーは続けた。

「だいたい、ナテワナが言っていることが本当だという証拠がどこにある。彼女は自分の気持ちを素直に口にできなくて、嘘をついただけかもしれないぞ」

「ナテワナは、そんなに意地悪かなあ」

「そこまでしても、君の心がほしかったのかも」

「レオーの考えこそ当て推量っぽいよ」

「ならば、君が好きなように考えればいい。信じたいものを信じて、やりたいことをやる。〈大異変〉は、いずれ必ずやってくるんだぞ。迷っていたら時間を無駄にする」

「——そうだね」私は頭を掻きむしった。「でも、どうすればいいの。全然わからないよ」

# 8

なんで私は、こんなに振り回されているんだろう。いや、振り回されることこそ、リンカーの本来の在り方か。

どうすればいいのかわからぬままに、私は毎日の業務を繰り返した。巡視艇で魚舟船団を見回って、オサに日常の状況を訊ね、移住したいという者から相談を受け、船団同士でトラブルが発生していれば仲裁に入る。

獣舟は、前よりも頻繁にマルガリータに近づくようになった。何度も間近で鳴き声を耳にした。彼らの声は人間たちに対する怒りにも聞こえた。これだけ食料があって、なぜ、自分たちには分けてくれないのか。なぜ、おまえたちだけが裕福に暮らしているのかと。

息が苦しい。他の生きものの言葉がわかるって、こういうことなのか。

マルガリータの市長たちは、都市は獣舟駆除に関する最後の話し合いを行うと告知を出し、船団のオサたちに出席を呼びかけた。要望があれば提出する最後のチャンスだ。大勢のオサが参加を申し出た。出席者名簿の中には、勿論、ナテワナの名前もあった。

会議はマルガリータの第五都市で始まったが、その直後、異様な光景が都市の周辺に現れた。

普段は、てんでばらばらに漂う魚舟たちが、第五都市に向かって頭を向け、綺麗に整列したのだ。

そんなふうに並んでも、特別な音声を聴けるわけではない。会議を見るには、受信モニターの前に行くしかないのだ。だが、誰かが呼びかけたのでもなく、自発的に、こんなふうになったようだ。今日は海上民の歴史上、重大なことが決まる日だと、皆、気づいたのだ。

今回の件については、海上民のあいだでも意見が割れていた。私の家族内だけでも意見が異なった。兄姉は、完全に都市型人間として適応したのか「獣舟など殺して当然」と言い切った。海上民の口から出る言葉とは思えなかったが、魚舟も獣舟も関係なくなった世代は、このような発想をしても自然なのだろう。

両親は困惑して、おろおろしていた。いいとも悪いとも言いかねて、口ごもった。これが昔ながらの海上民の反応だ。祖父の世代から「獣舟も〈朋〉だ」と言い聞かされて育った人々でも、獣舟が陸上民に被害をもたらすことは知っているので、表だってはかばえない。

会議の様子は都市内の放送で全公開されていた。私は仕事仲間と一緒に、巡視艇で魚舟船団の様子を見ながら、ブリッジのスクリーンで経過を視聴した。

会議は、たいしてもめもせず淡々と進んでいった。

そして、駆除の具体的なスケジュールが公開された。オセアニア連合の海軍が出撃するので、その日は該当海域に近づくことは禁止、観覧もできないと告知された。

そのとき緊急連絡の警報が鳴り響いた。マルガリータ海域に未登録の魚舟船団が接近中。かなりの規模。百頭を超える魚舟の数を確認。

海警に指示が出て、私たちにも待機命令が出た。会議の画像を縮小サイズに変え、マルガリータの周辺海域へ巡視艇を回す。

接近してくる集団の映像と共に音声が入ってきた。彼らは特定の船団との遭遇を求めていた。ナテワナに会いたいと。彼女の舟を捜してほしいと、海域の船団すべてに無線で呼びかけてきた。通信してきた相手は、ナテワナの従兄弟、ベルタナイと名乗った。

ブリッジに緊張がはしった。ナテワナの従兄弟ならラブカじゃないか。なぜ、この海域へ。

ナテワナは会議に出席中だ。外洋で待てと海警が返事をした。停船させたのち、事情聴取と称してベルタナイを拘束するに違いなかった。だが、船団には百頭も舟がいるのだ。

さきほどのメッセージを発信したのが、必ずしもベルタナイの舟とは限らない。誰かを代理に立てて通信したのかもしれない。海警は相手の居場所を突きとめるまで苦労するだろう。

ナテワナは呼びかけを聴いただろうか——。私はスクリーンを分割し、マルガリータ第五都市と周辺海域を何ヶ所か映し出させた。

会議出席者の魚舟が控えている波止場で、一頭の魚舟がマルガリータから離れたのを目にした。模様からナテワナの舟——ウイラだと一目でわかった。

従兄弟に会いに行く気だ。だが、これでは会話の内容によっては、ナテワナもラブカだと認定されてしまう。

私は巡視艇の乗員に指示を出し、ウイラを追わせた。ウイラはかなりの速度を出していた。百頭の中に紛れてしまうと捜し出すのが困難になる。全速力を出させた。

ようやくウイラに追いつくと、私は無線でナテワナに呼びかけた。ベルタナイに会うなら上甲板で操船しているはずだ。無線で連絡がつく。《舟を止めて下さい、オサ・ナテワナ。ラブカに会いに行けば、あなたもラブカだと認定されます》

ナテワナはすぐに返事をしてきた。《従兄弟はラブカだが他の舟は違う。救命信号を打ってきた。怪我人を大勢連れてきたんだ》

《怪我人？》

《外洋で、ラブカと海軍との戦いに巻き込まれたようだ。彼らはラブカではない》

《近くにいただけだと？　そんな話、通りません。ラブカじゃなくてもラブカの家族なんでしょう？　物資不足でマルガリータを頼ろうと考えたに違いありません》

《そうだとしても放置できない。こういうときに躊躇なく動けるのは私だけだ。他の船団は判断に迷うだろうが、いずれここから去る私なら自由に行動できる》

《何をするつもりですか》

《怪我人とラブカのメンバーをきちんと分ける。ラブカのメンバーには、この海域から立ち去るように説得する》

《そのふたつが、かぶっていたら？》

《都市側の判断待ちだな》

《ならば、せめて私に支援させて下さい。あなたひとりでは孤立する》

《手伝ってくれるのか》

《当然です。でも、陸の事務官をうまく説得できないと大騒ぎになるので、ある程度は、こちらに合わせて下さい》

《わかった。善処しよう》

ウィラが先導したおかげで、私の巡視艇は、他の魚舟たちと衝突せずに進めた。向こうから次々と動いて、巡視艇が通れるようにしてくれた。ナテワナが無線で私のことを皆に説明してくれたようだ。

やがてウィラは、一頭の魚舟のそばで止まった。先方の上甲板から渡し板が出され、ナテワナは素早く飛び乗った。巡視艇にも渡し板が出されたので、私はひとりで魚舟の上甲板へあがった。

私はナテワナに訊ねた。「ここがベルタナイの舟ですか」

「そうだ」

彼の家族と思しき者たちが私たちに挨拶し、上甲板のハッチを開き、居住殻へ案内してくれた。どんな凶悪な面構えの男たちが出迎えるのかと身構えていた私は、がらんとした室内に包帯だらけの男がひとり、床にあぐらをかいてるのを見つけた。

男は、両腕、両脚、胴体だけでなく、左目を完全に覆う格好で頭にも包帯を巻いていた。ナテワナが声をかけた言葉から、それがベルタナイだとわかった。体つきは逞しいが、銃やナイフは身に帯びていない。蜜酒の壺を片手で持ちあげていた。呑みやすいように、壺の中へストローが挿してある。

ベルタナイはストローから唇を離すと、「悪いな。突然で」と、しわがれた声で言った。

「悪いと思っているなら、速やかに出て行ってくれ」ナテワナは、ぴしゃりと告げた。

「今日は重要な会議があった。オサは全員、第五都市の会議室に集合中だ。マルガリータの市長たちだけでなく、陸の事務官まで出席していた。おまえたちはそこへ突っ込んできたのだ。まさに招かれざる客だよ」

「まいったな。偶然とはいえ、それはタイミングが悪すぎた」

「怪我人は普通の人たちだろうな。都市はラブカなど無視するぞ」

「わかっている」

「おまえの怪我はいいのか。医薬品がまったく足りていないはずだ」

「おれのことは気にするな。皆の面倒をみてやってほしい。遠洋ではもう暮らせん」

「ここも飽和状態だぞ。いくつかの船団は、近々、去ることになる」

「マルガリータはもう満杯か」

「うちの船団からも移住者を送れんほどだ。あとはキャンセル待ちだが、まあ無理だろうな」

「そうか」ベルタナイは蜜酒をもうひとくち吸ってから、壺を床に置いた。「話がある」

「なんだ」

「都市側は、どうせ救援の件でもめるに決まっている。だから、こちらからも条件を出す。

怪我人を助ける代わりに、おれを陸側へ引き渡してくれ」

「おまえの逮捕を条件に、救援を引っぱり出そうというわけか」

「ああ」

「私にそれをやれと？」

「こういうデリケートな話になると、おまえしか信用できん」

「馬鹿な。それよりも、怪我人を置いて一刻も早く立ち去れ。そうすれば見逃してやる。なんのために私が一番に来たと思う。他人《ひと》の努力を無にするな。都市は、立ち去る者までは追わん」

ふたりは、しばらく無言で向かい合っていた。

私は横から口を挟んだ。「そういうことなら、早いほうがいいと思います。私はそれを認められる立場にはありませんが、いまなら見て見ぬふりができます」

ベルタナイは呆れた表情になった。「お嬢ちゃんにまで迷惑はかけられんよ」

私はすぐに言い返した。「童顔なのでたびたび若く見られますが、私はマルガリータ・コリエのリンカーで、巡視艇の艇長です。名前は銘《メイ》といいます」

「それは失礼した。では、銘艇長。おれのことは気にせんでいいから、ナテワナを説得してくれないか。こいつはラブカの支援など一度もしておらん。おれが何度頼んでも無駄だった。親戚としての付き合いと、闘争の手助けは別問題だと言って聞かなかった。それを陸側によくよく伝えてほしい。もし陸側がそれでもナテワナを疑うようであれば、外洋公館に助けを求めてくれ。おれがラブカとしての活動を続けていた中で、唯一、交流を持ってくれた外交官がいて、その人なら、ナテワナが無関係だと証明してくれるだろう。連絡先はここだ」

ベルタナイは懐から折りたたんだ紙切れを一枚取り出し、私に向けた。「これが、ナテワナの無実を証明してくれる」

「まさか、おまえ」ナテワナは唇を震わせた。「わざわざ、これを持ってきてくれたのか。私のために」

「おれは戦いに明け暮れてきたが、無関係な者まで巻き添えにしようとは思わん。これだけは、きちんとしておきたくてよ」

「ありがとうございます！」ナテワナよりも私が先に礼を言った。「これがあれば、ナテワナの疑いは晴れるでしょう」

「だといいんだがね。陸のお役人はラブカを嫌うから、これは最低限の盾だ。もしかしたら役に立たんかもしれん」

さて、と言ってベルタナイは立ちあがった。ふらふらしながら居住殻の外へ続く階段へ向かう。

ナテワナが止めた。「馬鹿。ここで休んでいろ。救援の仕事は私たちがやる」

「おれの姿を確認しないと安心できん奴らが、外には大勢集まってるはずだ。姿をさらせば、観測鳥が画像を撮影する。海警には、ここへ、まっすぐに来てもらおう」

「だったら、あれも持っていけ」ナテワナは蜜酒の壺を振り返って言った。「痛み止めだろう。手放すとつらいぞ」

私は巡視艇に戻り、百頭を超える魚舟の中から、怪我人を抱えている家族の魚舟を特定してまわった。その頃には救命艇も到着していたので、順番に案内して救急隊員に搬送をお願いした。私たちも可能な限り現場を手伝った。

気になったのは、押し寄せた船団の中に、先日ナテワナが物資を分けた人たちが含まれているかどうかだ。私はレオーに先日の記録と一致する者を捜させた。顔認識のプログラムには、幸い誰もヒットしなかった。あの船団とは別の集団なのだ。この事実も、ナテワナの無実を証明してくれるデータとなる。

ベルタナイは、あとからやってきた海警の舟で連行された。逮捕されれば厳しい尋問が待ってるのに、なんだか晴れ晴れとした顔つきをしていた。

闘争に疲れてしまったのかもしれない。自分から飛び込んだ戦いだって、嫌になるときには、とことん嫌になるものだ。やめるきっかけについては、本人も散々迷ったに違いない。船団のために自分を犠牲にして幕を引くという行為は、この種の男たちにとっては名誉と同等のものなのだろう。私はそのことの価値よりも、ナテワナが巻き込まれて逮捕されないか、ただただ、それだけが心配だった。

調査の結果、早急に手術が必要と判断された者はマルガリータへ運ばれ、それ以外は魚舟で待機となった。医師のほうから魚舟を訪問し、船上で処置する流れだ。

突然増えた船団の食料供給のため、オセアニア連合の外洋公館が動き出した。北半球から救援物資が届き、私たちは船団の巡回をしつつ、それらの配分も手伝った。マルガリータ周辺を漂っていた他船団の人々も、これを手伝ってくれた。こういうとき、見知らぬ船団だからと相手を無視するのではなく、積極的に関わって交流しておくほうが、のちのちトラブルになりにくいことを、マルガリータ周辺に住みついた海上民は心得ていた。海上民同士の無線だけでなく、ワールドネットに接続して陸側の上層部とも連携をとりながら、オサ同士で、いち早く情報を共有しておくのである。数々のもめ事を経験したのち、無知と無視こそが、人間同士のあいだに災厄を呼び込んでしまうのだという事実に、海上民は陸上民よりも早く気づいたのだ。

作業が一段落つき、ベルタナイに対する初回の事情聴取が終わると、私は管理局のオクリス事務官から呼び出しを受けた。後日の会議に出席してほしいと請われた。ナテワナとその船団をどう扱うのか――という件について、初めて、ナテワナ自身を交えての話し合いが、第四都市で行われることになった。

出席者は、都市の管理者数名。第四都市の海警から警察署長と刑事課長。オクリス事務官とサピ。ナテワナ。ンギメル艇長。そして私だ。

まず、先日、会議の途中でナテワナが飛び出してしまったため、獣舟駆除についてナテワナが了解しているのかどうか、都市の管理者からあらためて確認があった。

ナテワナは、獣舟駆除に「反対はしない」と答えた。「賛成する」という言葉を避けるところが、海上民としての最後の誇りなのだろう。

続いて海警の刑事課長から、ナテワナがベルタナイとどの程度まで関わっていたのか、物資や金銭の支援などを行った事実があるのかどうか、あらためて問いかけがあった。ナテワナはこれまでと同じように「書簡の行き来はあったが、支援には関わらなかった」と答えた。

取調室に呼ばれた犯罪者みたいな扱いに、ナテワナは怒りもせず、落ち着き払っていた。私のほうが心配でたまらなかった。オクリス事務官からの報告のせいか、最初から彼女をラブカの仲間扱いする色が濃い。

「お話はよくわかりましたが」とオクリス事務官は言った。「しかし、ベルタナイは、実際にあなたを頼ってきた。あなたがラブカの支援者ではないということを、我々は判断しづらい」

「ご心配は無用です」ナテワナは冷ややかに応じた。「我々の船団は、獣舟駆除が終わればここから離れます。これ以上、皆さんにご迷惑はおかけしません」

オクリス事務官が少し意外そうな表情を見せた。もっと抵抗すると思っていたのに、と拍子抜けした顔だ。

「なるほど。そうして頂けるなら、我々としては、たいそうありがたいですね」

私は横から口を挟んだ。「オサ・ナテワナの判断は別として未解決の事柄があります。移住権の問題です。オサの船団で移住を希望されていた方の事務手続きが、まだ完了していません」

「そちらは未定ですから、この際、もう流して頂いてよいのでは」

「恥ずかしくないんですか」私はオクリス事務官を睨みつけた。「あなたが勝手に別の方に移住権を渡したんですよね。そのため、該当家族に対する配慮が宙に浮いています」

「再申請すればリストには載せます」

「リストの最後尾に？　それでは〈大異変〉が来る前に移住できない可能性があります。私は、これは管理局のミスとして特例措置をとるべきだと考えます。リストの待ち順を繰り上げるのではなく、一日も早く都市生活を始めて頂くべきかと」

「居住区に空きはないのですよ」

「マルガリータには、あなたのように北半球からお仕事で来られる方のために宿泊施設があります。そこを一室、貸し出してもいいぐらいだと私は考えます」

「これはまた無茶なことを――」

「無茶ですって？　移住権をキャンセルされたのが陸上民だったら、あなた方は絶対に部屋を確保していたはずです。海上民だから適当な対応でいいと思ったのでしょう？　だとすれば、訴えるところへ訴えれば、これは人権侵害として認定されますよ」

　ナテワナが割って入った。「銘《メイ》艇長。もうよい、そこまで言わずとも」

　私は片手をあげてナテワナを制した。彼女の気持ちはわかるが、いま言っておかなければ、オクリス事務官は粛々と自分に有利な方向へ話を進める。

「ラブカの件があるからといって、オサ・ナテワナに一方的に多大な負担を強いるのは間違っています」と私は続けた。「オサはラブカからの要求にも従わず、マルガリータでも規則を違反せず、獣舟の駆除にも反対していません。あなたはこれを当然と思うかもしれませんが、海上民である私から見れば、オサに譲歩ばかりさせているようにしか見えませせん」

オクリス事務官は言った。「その物言いは、オサに対して失礼では？　まるで、オサには自分で選択する能力がないかの如く聞こえますよ」

「責任感溢れる方の厚意を逆手にとって、特定の選択へ誘導する――それが陸の事務局のやり方ですか」

さすがに、オクリス事務官が顔色を変えた。いいぞ。もっと言ってやる。「私は一般居住区以外に、一時的に居住できる場所をマルガリータの中でいくつか見つけています。ひとつはさきほどの宿泊所。もうひとつは、職場の一室を借りて、そこに住み込む方法。公共の広場などの空きスペースに一時的に仮設住宅を建てる方法。百人移住させようというのではありません。たった一家族です。それは何人ですか。両親兄弟姉妹祖父母。こちらの調査では八人となっています。たったそれだけの人数、どこにでも突っ込めるでしょう」

「それは都市の決まりでは認められていない」オクリス事務官は厳しく言い返した。「移住は決められた手順で進めなければ。ただでさえ一部の海上民しか収容できないのに、特例は認められません」

「最初に決められた通りにやらなかったのは事務官です。でも、いまは、それを責めたいわけではありません。ひとつぐらいは、オサのために、都市に住む人間の誠意を見せてあげて頂けませんか。陸にいようが海にいようが、我々は等しく人間です。人間が人間に尊敬の念を抱かずして、人類の存続が可能だと思いますか」

オクリス事務官は沈黙を守った。

代わりに、マルガリータの市長のひとりが口を開いた。「私も一度、事務官にご相談しなければならないと思っていました。ついに〈大異変〉が訪れた――というとき、マルガリータには、あらためて居住区の空きを確認する問い合わせが殺到するでしょう。なんとかしてもうひとりぐらいとか、子供だけでも入れたいとか。現行の規則では、これをすべて断ることになっています。都市の職員にも徹底教育しています。しかし、なんらかの形で横紙破りは出るでしょう。それを発見したとき、我々はその人たちの居住を頑として拒むべきでしょうか。それとも、入ってしまった以上、市民として認可すべきでしょうか」

「断って下さい」オクリス事務官は即座に答えた。「不法な居住を発見された場合には、即刻退去を命じて頂きたい。海上都市が保持できる食料や日用品の量には限界があります。その限界の範囲内で我々は何百年も――ことによると千年を超えて、都市機能を継続させる必要があります。最初につまずいたらアウトです。収容人数は厳密に守らなければ」

「不法に居住する者は追い出せということですね」

「はい」

「しかし、どんな方法をとってでも、人は入り込むと思います。たとえば、十人の人間を密かに移住させようと思うなら、十家族が事前に打ち合わせておいて、個別にひとりずつ受け入れて居住させてしまえば、我々はそれに気づきにくい。人ひとりぐらい、都市内のどこにでも隠せますからね。現在、マルガリータへの出入りは比較的ゆるく、身分証があれば、外の船団員が親戚の家を訪問することなどが可能です。都市が保存しているデータを書き替えてしまえば、『訪問客なのに、中へ入ったきり出ないこと』もできます。おそらく〈大異変〉が来て完全に都市を閉めたとき、記録上の人数と実際の人数にズレが出てくるのではないかと私は予想しています。そこまでして抜け駆けするのが人間の本質だと思っていますので。そうなったとき――この八人をかつて受け入れなかったことを、我々は後悔するのではないでしょうか。八人ぐらいの人数、なぜ、余裕があるときに受け入れておかなかったのかと。この人たちは、正規の申請をしていたのに順番を飛ばされてしまったわけですからね」

「オサ・ナテワナの船団からラブカのメンバーが出ている以上、そこは気にして頂かなくても結構です」オクリス事務官は固い態度を崩さない。「この八人の中にラブカとの連絡係が含まれていたら、都市はとりかえしのつかぬ事態に陥ります。市長が責任をとって退職なさる程度では済まない問題ですよ」

ナテワナが言った。「ラブカはベルタナイだけです。他の者は関係ありません。ただ、お疑いになる気持ちはわかります。ですから、我々の船団が全員ここから立ち去ることで解決として頂きたい。該当の八人については、既に私がよく話し合い、移住希望は放棄させています」

オクリス事務官が誇らしげに言った。「それでこそ船団を守るオサです。りっぱなご判断です」

もどかしい。結局ここへ戻ってきてしまう。船団員の中にひとりラブカがいたら、船団全体が危険なものと見なされる――というのは、人を管理する側からの視点に過ぎない。個々の事例を確かめれば、ラブカでない者はどこまでもラブカではなく、ただの海上民だとわかるはずなのに。

そのとき、ンギメル艇長が初めて口を開いた。「都市内での居場所の確保はともかく、八人分の資源を確保したいのであれば、八組のカップルが、子供を持つことをあきらめればよいのでありませんか」

全員が虚を衝かれた表情になった。ンギメル艇長は真剣な面持ちだった。これは冗談で言える台詞《せりふ》ではないと、はっきりと示していた。彼は続けた。「これなら制限しやすいかと思います。八組の出産申請を許可しなければいいだけですから。もともと、都市は非常に厳しい出産制限を居住者に対してかけています。そのため、わが家でも子供はひとり分しか許可が下りていません」

すぐにオクリス事務官が反論した。「子供は都市にとって最も貴重な資産です。現在いる八人よりも、これから生まれる八人の子供の価値のほうが大きいと、私は判断します」

「そこは単純には答えを出せないでしょう。八人の子供のほうが優秀に育つとは断言できないし、そもそも、いまの時点で命の価値を云々《うんぬん》するほうがおかしい。トリアージの現場じゃないんですからね。私も銘艇長と同じく、件の家族の移住を許可するべきと考えています。居場所をつくるのが可能であることは、銘艇長が説明してくれました。あとは、オサの考え方ひとつでしょう。こういう面倒な都市だ。無理に移住するのはもうごめんだ、というのもひとつの答えかと存じます。であるならば、我々はそれを受け入れます」

ンギメル艇長は私をじっと見た。これでいいな？　と念を押している。自分たちはもうじゅうぶんに話し合った。あとは、ナテワナの好きにさせてやりたいと。

私は袖口で目元を拭った。なんだって、こんなことになるんだろう。移住を希望した家族にはなんの落ち度もなかったのに。ベルタナイを恨めば済むという話でもない。彼は彼の考えでラブカになったのだ。海上民なら誰でも、それを肯定しなくても、気持ちだけはわかるはずだ。すべては、汎アによる虐殺計画が発端になっているのだから。

そのとき、ナテワナが椅子から立ちあがり、皆に向かって頭を下げた。「ここまで熱心に話し合って下さってありがとうございます。私は皆様が、我が船団を、ここまで大切に考えて下さっているとは想像もしていませんでした。今日の会議の詳細を、まず、該当の家族に伝えてみます。彼らがどう答えるか、それを聞いてから決断しようと思います。よろしいでしょうか」

市長のひとりが答えた。「はい。それで構いません。どうか、最も負担にならない選択をなさって下さい」

「長時間検討して頂き、誠に、ありがとうございます」

ナテワナが一歩前へ出て、私の手を両手でぎゅっと握った。それから、ンギメル艇長の手も。

「感謝する」とだけ、ナテワナは言った。オサとしての威厳に満ちた声で。

二日後、他の誰でもなく私とンギメル艇長のところへ、ナテワナから連絡が届いた。舟まで来てくれという。

ウイラを捜して上甲板へあがると、ナテワナは例の家族と共に待っていた。

「よろしく頼む」とナテワナは言った。「移住する決意を固めてくれたそうだ」

家族の中から父親と思しき人物が前へ進み出て、私たちに挨拶した。「このたびは、我々のために力を尽くして頂き、本当にありがとうございます」

「いえ、悪いのは陸側ですから」と私は相手を押しとどめた。「あなた方がマルガリータに住めるのは当然なんです。胸を張って移住して下さい」

「はい。都市の方々が、ここまで我々のことを案じて下さっていたとは正直考えたこともなく――オサから『移住はあきらめたほうがいい』と言われたとき、我々も、すぐに首を縦に振ったのです。陸側の都合で切り捨てられたのだから、二度と、都市とは関係を持ってやるものかと思っていました。ところが、とても熱心に話し合って頂いたと聞きまして」

「会議に出るのは仕事ですから」

「その内容をオサから教えられて、考え方を変えたのです。ここから立ち去るのは簡単ですが、それでは、我々がラブカだと疑われた事実だけが残る。それはさまざまな憶測を呼び、将来に間違った記録を残すでしょう。我々がやるべきは、多少居心地が悪くても都市で暮らし、私の家族がラブカとはなんの関係もないと、都市の皆さんに知って頂くことだと結論しました。これを理解してもらえれば、オサ・ナテワナがラブカとは無関係だった証明になりますし、すべての海上民がラブカに加担しているわけでもないことを示せます。実際、我々はベルタナイともラブカとも、なんのつながりもありません。移住しても問題は起きようがないのです」

即座に、ンギメル艇長が応じた。「ありがとうございます。勇気ある決断をして下さって。しかし、都市にはいろんな人間がいます。海上民でありながら、あなたをラブカと疑う者も出てくるでしょう。ですから、私が警備隊に話を通しておきます。いわれのない差別や暴力を受けたら、どうか、すぐに私が紹介する先に駆け込んで下さい。そこから警察につなぎます」

「わかりました。私は都市の皆さんを信じていますが、何かあれば迷わずそうします。不幸を呼び込まぬためにも」

私も付け加えた。「居住場所は必ず確保します。しばらく、ご迷惑をおかけしますが、マルガリータの市長たちを信じて下さい」

「はい。よろしくお願いします」

最終的に、この家族は生産工場に勤務し、当面、第四都市の警備隊事務所の近くに住むことになった。そこは都市内を走るコミュータの駐車スペースだったのだが、その一角に仮設住宅を建て、入ってもらったのだ。勿論、通常の居住区に空きができれば、すぐに移動してもらう予定だった。

これでナテワナたちは、この海域から、いつでも安心して立ち去れる。

## 9

件の家族を仮設住宅に移し終えた日、私はンギメル艇長に、将来について相談したいと告げた。

「養殖場での獣舟の暴れっぷりを目撃した以上、私も、獣舟の命を守ってくれなんて安易には言えません。駆除に関しては会議の決定に従うつもりです。その結果、ナテワナの船団がここから離れることも止められないとわかっています。たぶん、ナテワナと一緒に、他の船団も多少動くと思うのですが」

「ふむ。それで君はどうする気だ。この件について、どこかで手助けをしたいのだろう」

「第四都市での居住権を一時保留とし、しばらく、ナテワナと一緒に外洋で暮らそうと思います」

「なんだって？」

「居住権を放棄するわけではありません。〈大異変〉の直前まで留守にするだけです」

「なんのために」

「私は五歳でマルガリータに移住したので、魚舟船団にいた頃の記憶がほとんどありません。伝統的な海上民の生活を、両親の話や図書館で得た知識ぐらいは知っていますが、体験が不足しています。ですから、あらためて、これを自分で知り、記録を残そうと考えています。最後の海上社会の記録を」

「それはルポライターの仕事だ。リンカーの仕事じゃない」

「はい。ですから、リンカーは退職します。ルポライターとして船団に所属し、いずれ、この都市へ戻ってきます」

居住権を残すのは、遠洋での暮らしについていけなくなったとき、すぐに戻れるようにするためだけではない。居住権を残しておかなければ、せっかくの記録が、いつのまにか都市側に破棄される可能性があるからだ。私は自分の仕事を通して、それぐらいの疑いは持つようになっていた。また、私が遠洋で不慮の死を遂げた場合でも、レオーがいる限り、死後も記録をまとめることが可能だ。私の居住権が残っていれば、しばらくのあいだ、レオーは処分から免れられる。遠洋から定期的にレオーにデータを送り、執筆ソフトウェアで管理してもらえるなら、その記録が途中で途切れても一冊の本として完成させられるのだ。執筆者が死亡してもデータを残すべく、永年利用可能なデータ保管スペースも事前に購入しておこう。私が死に、レオーが処分されたあとも、この方式なら記録を都市に残せる。

私はンギメル艇長に訊ねた。「そこで、ひとつ確認したいのが、ここを留守にしているあいだも居住権の保持が可能かどうか——ということなんです。おそらく前例がないはずなので」

「確かに聞いたことがないな。しかし、許可が下りたとしても、〈大異変〉はいつ起きるかわからん。タイミングによっては、君はマルガリータへ戻れない。ナテワナの船団もろとも遠洋で死んでしまう」

「わかっています。ですから賭けになりますね」

「無茶苦茶だな」

「ナテワナを放っておけません。失望と悲しみを抱いたまま、この海域から去ってほしくない。マルガリータとは相容れないのだとしても、ほんのひとかけらでも信頼と希望を持って、ここから立ち去ってほしいのです」

「そんなに、あのオサに心を惹かれるのか」

「はい。もしかしたら、魚舟とヒトとの絆は、このようなものだったのではないかと、いま思っているところです。私は永遠に魚舟を産めない体となりましたが、その心の穴が彼女を求めるのかもしれません。艇長なら、わかって頂けるのではありませんか」私は自分の胸に掌をあてがった。「誰かのことを考えるだけで、ここが温かくなる瞬間を」

「わかった。では、居住権の保持に関しては上に問い合わせてみよう。少し時間をくれ。ンギメル艇長は、にっこり笑って自分の頭をなでた。家族のことを思い出した顔だった。

そのあいだ、ナテワナを引き留めておくように」

「よろしくお願いします」

居住権を保持できるかどうか、正直なところ私はどうでもよかった。記録を残すだけなら、私がマルガリータに戻る必要はないのだ。誰かにデータを渡し、公開できる形で保管してもらえばいい。

もっとも、データを渡すだけでは、公開前に密かに破棄される可能性もあるから、そういう意味では、私がマルガリータに戻って情報の公開を見届ける必要はあるのだ。消えてしまう民族の歴史だからといって、ぞんざいに扱われてよいはずはない。

数日待って得られた結果は、拍子抜けするほど望み通りのものだった。私の居住権を保持するという。

獣舟駆除は陸上民が行うのだが、そのニュースを知らせるだけでも、海上民にとっては大きな心理的負担となる。これが原因となってマルガリータを捨てる海上民が出てくることを、陸側はいまから想定していた。

この件は将来に禍根を残すだろう。だから、どこかでバランスをとらねばならない。これをきっかけに立ち去る船団が出たとしても、彼らを見放すつもりはなく、可能なところまで支援する姿勢をアピールしたい、できればとても目立つ形で、と陸側は考えていた。〈大異変〉と遭遇する危険を承知のうえで、遠洋を渡る船団に同乗し、記録を残そうとする者がいるなら――それは人道的・英雄的な行為として、いいニュースになる。皆から歓迎されるだろうというのだ。いや、心の底から歓迎されないとしても、それで双方の面子《メンツ》が立つし、この件はいい形で落ち着くだろうと。

えげつない駆け引きだなと感じたが、私はンギメル艇長から、これは呪術のひとつだと考えてくれと提案された。そういう意味で納得してほしいと。

呪術の基本は損得勘定のバランスをとる点にある。必要以上の形で利益を得る者――今回の場合は獣舟を殲滅《せんめつ》する都市側がこれにあたる――は、いつか、めぐりめぐってそれに相応する損を呼び込んでしまう。世界は均衡で成り立っていると考えるのが呪術だから、プラスマイナスがゼロになるように運命の輪を回さねばならない。私の行為は、獣舟駆除というマイナス要因を打ち消すプラス要因と見なされたのだ。人類は科学を操ると同時に、呪術にも心を動かされる存在だ。それは陸上民も海上民も違わない。

なるほど。では、呪術における作法ということにしておきましょう、と私は答えた。厳密には、これは合理的で政治的なやりとりに過ぎないと思うが、双方丸くおさまるならなんでもいい。

大変だったのは、両親に対する説得のほうだった。

せっかく幼少時に居住権を取ったのに、なぜ、わざわざ面倒なことをして外洋へ行くのかと懇々と諭された。私は最初、ナテワナとの個人的な交流を伏せたまま、学術的な価値・社会への貢献という意味で説明していたのだが、どうにも両親が納得しないので、仕方なく「好きな人ができた」「その人が船団のオサなのでついていくのだ」と告白した。

その瞬間、両親の表情がぱっと明るくなり、続けて「結婚するのか」と勢い込んで訊ねた。

「いいえ。私は、いずれマルガリータへ戻るつもりだから」

「なぜ、そんな中途半端なことを」

「私は海で生まれたけれど、マルガリータで育った人間だ。船団が好きだから外洋へ出るんじゃない、好きな人ができたから一緒に行くだけだ。いつか外洋は負担になるよ。そんな気がする」

「好きな人の名前は。どこの誰だい」

「名前はナテワナ。私よりも少し年上の女の人」

ナテワナと私が幼い頃に交流があったのかどうか、私は両親に訊ねなかった。万が一、両親が知らないと答えたら怖い。たまたま、両親がナテワナと会っていなかったとしても、彼女の話の信憑性《しんぴょうせい》が揺らぐのが怖かった。

いずれにせよ、その部分は、もうどうでもいいのだし。ナテワナはナテワナでいい。私は、いまの彼女を好きになっただけなのだから。

両親は私が詳しく話していくと状況を理解し、私の判断を喜んでくれた。

獣舟駆除は、オセアニア連合の海軍が請け負うことになった。音響兵器で追い立て、特定の海域へ集めたあと、魚雷を使って殺すという。

勿論、海上民は誰ひとり、これに関与しなくていい。

マルガリータとその周辺海域の海上民は、海軍の予定を事前に知らされ、危険海域へは近づかないようにと指示された。獣舟を助けようとしたり、海軍を妨害しようとすれば、攻撃の巻き添えになる可能性がある。そうなった場合、なんの保障もしないと。

ワールドネットのニュースは、作業の一部を、海軍から許可を受けた範囲で報道した。都市の海上民から抗議は出なかった。ラブカはかなり怒ったようだが、だからといって、すぐに海軍と衝突になったりもしなかった。彼らがもっと攻撃的な態度をとるのは、この何年かあとに起きる別の事件がきっかけとなるのだが——この時点では、まだ誰もその予兆すら感知していなかった。

私は関係者として、獣舟駆除の過程の全動画を見せてもらうことにした。動画は外部へは配信できないので、市役所に行って、データ閲覧室で視聴するようにと指示された。ずいぶん物好きなリンカーだと思われただろうが、「仕事に必要なので」と言えば話を通せた。巡視艇は〈子亀〉を使っていたので、海軍や海警に準ずる組織と思ってもらえたのは幸いだった。

なぜ、そんなものを観たがるのか、不思議に思う人もいただろう。

でも、ナテワナの気持ちを理解するには、すべて知っておかなければ、どうしようもないと思ったのだ。海軍がやったことだから私は見ていません、なんて、ナテワナの前で言えやしない。ナテワナの悲しみと苦しみに寄り添う気なら、すべて見て、知っておくべきだった。たとえ自分が獣舟になんの感情移入もできず、殺されていく姿を見ても何も感じなかったのだとしても——事実として何があったのかは知っておかねば。

記録は二時間ほどあった。小型の機械船《フリゲート》が数隻出て、音響装置で獣舟が嫌がる音をまきながら沖へ追い立てていった。ここまでは、ニュースで観た画像と同じだ。

残りの録画部分で、私は獣舟たちが殺されていくのを目の当たりにした。それは、汎アの環境整備政策で、私たち海上民が虐殺されていった様子と瓜二つだった。人間は人間が虐殺されれば騒ぐが、獣舟のためには何も声をあげない。ナテワナのように叫ぶ者は少数だろう。心の中では「ひどい」と思っていても世間に対しては口をつぐむ。そして、陸側の海軍は、そもそも、なんとも思わなかったに違いない。獣舟は陸上民にとって、ただの害獣なのだから。

魚雷が爆発して海面に水柱があがるたびに、獣舟たちの悲鳴が微かに聞こえた。笛が鳴るような甲高い声。幼い子供の悲鳴のようにも聞こえて、耳をふさぎたくなった。

獣舟がどんなに強くても、砲撃や魚雷には勝てない。所詮は生きもので、鋼鉄の塊とは違う。フリゲートの撮影装置は、禍々《まがまが》しく朱に染まった波を延々と写し続けた。

獣舟は私たちと同じく赤い血を持っているのだ。ヒトと共に生まれてくる魚舟のなれの果てである彼らは、こんな姿になっても確かに〈朋〉なのだ。

息が苦しくなってきた。苦しいと感じることを自分で嫌悪した。どれほど目の前の映像にショックを受けても、死ぬのは自分じゃない。獣舟たちだ。悲鳴を聴き取れても、私はその意味を理解できない。彼らの言葉を知らない。ナテワナにはわかるのだろうか。わかるからこそ、あんなに激しく怒って、嘆いたのか。

そのとき私はあることに気づいて、思わず画面を一時停止した。ただの赤い海と見えた箇所に見慣れぬものがあった。

画面を拡大する。見間違いではなかった。〈子亀〉に似た色をしているが形が全然違う。これは音響警備装置じゃない。おそらく殺戮兵器だ。

背筋が凍りついた。そうか。獣舟を殺す許可が出たときから、陸側はここまで考えていたのか。確かに、新しい兵器を投入するにはもってこいの機会じゃないか。これは獣舟を殺すための新型の機械。自動で海中を泳ぎ、標的に到達して殺戮する兵器だ。

獣舟を殺せるなら、きっと、ラブカ相手にも放たれるはず――。この機械にとっては、獣舟よりも小さくて脆《もろ》い人間を殺すほうが、ずっと簡単だろう。

ナテワナは、ここまで予想していたのか。獣舟を撃退する自動機械が作られれば、それはラブカを――海上民を殺す兵器としても使えるのだと。だから、あれほどまでに怒ったのか。獣舟の先にヒトを見ていたのか。陸側が海上民を、「善良な海上民」と「悪辣な海上民」に切り分け、後者を抹殺していく未来が、彼女の目には見えていたのかもしれない。従兄弟がラブカにいたからこそ、そんな想像力も働いたのだろう。自分の従兄弟が殺戮兵器に切り刻まれるところを一瞬でも思い浮かべれば、正気ではいられなかったはずだ。

私は——何が最善の道であるのか、まったく、わからなくなった。どれほど大勢の人間が、まっすぐに、まともに世の中を考えていても、必ず、その抜け穴を見つけてひどいことをする奴がいる。どうしたら、その穴をふさぎ、そういった人間だけが得をする社会を避けられるのか。

映像記録を見終え、ぐったりして廊下へ出たところで、オクリス事務官と顔を合わせた。彼は私が部屋から出てくるのを待っていた様子だった。サピも一緒だった。

オクリス事務官は言った。「わざわざ、自分で自分を傷つけて血を流すようなことを——物好きですね」

言い返す気力もなかったので黙っていると、彼は続けた。「私の妹は救援団体に所属しておりましてね。世界が終わりかけているのに、なんと呑気《のんき》なことを——と家族で反対したのですが、昔、大学で一緒だった友人を救いたいと。その友人は留学生だったそうで、祖国に戻ったあと、〈大異変〉対策の社会的な混乱によって、政府が経済的に破綻したようです。その地域を助けに行きました」

「いまでも、そちらでご活躍を？」

「物資を輸送する途上で、積み荷めあてのラブカに襲撃されて重傷を負い——。幸い、一命はとりとめて、いまは家にいます。体の失った部分は手術で再生し、リハビリも順調です。ただ、精神的なダメージがひどくてね」

「そうですか――」

「私はラブカを許す気はないし、これからも許しません。ただ、ここへ来て、あなたみたいな人に会えて、ずいぶん面白かった。呑気で不思議な方だと思っていますが、いまの世には、あなたのような人間も必要なんでしょう。〈大異変〉の前には――いや、もしかしたら、〈大異変〉が起きたあとのほうがね」

誉められているのか貶《けな》されているのか、よくわからない言葉だった。馬鹿にされたようにも感じた。だから、私から言えることは何もなかった。「ナテワナがこの海域から立ち去ったら、あなたも北半球にお帰りになるのですか」

「もうしばらく様子を見て、いずれは」

「では、ご機嫌よう。望みがかなってよかったですね」

「あなたもね」

意味深な言葉を残すと、オクリス事務官は、いままで私がいたデータ閲覧室の扉を開いて、室内へ入り込んだ。

サピが私のほうを振り返り、「では、また」と言って微笑んだ。

ああ、そうか、と私はようやく気づいた。彼もこれから観るのだ。あの映像を。あれを観て彼が抱く印象は、私とはずいぶん違うだろう。だが、観ることを己に課した彼の矜持だけは、信じられる気がした。

大規模な駆除が行われた翌日、私はすぐにナテワナの舟を訪れた。自分も彼女の船団と共に外洋へ行く、マルガリータから離れるという話を伝えた。上司や両親もそれを許してくれたと。

当然ながら、ナテワナは呆れ果てた。「そんなことをしてなんの意味がある。我々は消えていく民族なんだ」

「だからです」と私は返した。「誰かが記録しなければ本当に消えてしまいます。特に〈大異変〉が始まれば」

「それでいいではないか。〈大異変〉をきっかけに、いまの海上民は滅びるのだ。これは時代の必然だ」

「時代とか関係ないんです。あなたについていきたいだけです」

私はナテワナの目を見つめた。私から彼女を見つめるのは、たぶん初めてだろう。「一緒に生活させて下さい。いつまでもとは言いません。この歳で船団に馴染めるとは思えませんし」

「わざわざ苦労しに来るのか」

「だめですか」

「おまえは〈朋〉を持っていない。機械船で船団についてくるつもりか。燃料などすぐに尽きるぞ」

「できれば、ウィラに無動力船《バルカ》を牽いてもらえるとありがたいです。私の家族は外洋にいた頃、そうやって暮らしていたと聞いています。私も真似てみようと思います」

「楽な生活ではないんだ。きっと毎日ひもじい」

「ええ、わかっています」

「遠洋を漂っているときに〈大異変〉が起きたら――」

「そのときは、あなたと運命を共にさせて下さい。ルポは、なんとかして都市の人間に回収させますので」

ナテワナは黙っていた。私の言葉で彼女が黙り込むのは珍しい。私は続けた。「あなたは、ウィラと一緒にいるときが最も眩しい。陽射しはあなたを祝福し、大海原を渡る風は、あなたをいたわるようになでていく。魚舟を操る歌声は、もはや人間のそれというよりは海の獣だ」

「誉めているのか、恐れているのか」

「勿論、誉めています。この世の終わりがやってきても、海を捨てない者たちは誇り高く生き、誇り高く死んでいくだけでしょう。まるで野生動物のような生き方です。海上都市に移住し、科学技術によって生き延びる道を選んだ私たちとは違う。どちらが、より人間的と言えるのでしょうか。いや、そもそも、人間的であるとはどういうことなのか」

私は、そこで少しだけ言葉を切った。「あなたと共に生きれば、その答えを得られるはずだと思っています」

「都市に住むほうが楽なのに」ナテワナは溜め息をついた。「来るという者を止めはしないが、きっと後悔するぞ」

「居住権は残しますから、耐えられなくなったら戻るつもりです。そうなったら、私を嗤《わら》ってくれて構いません」

「誰が嗤うものか」

ナテワナは泣き出しそうな顔で笑い、大きな鳥が翼を広げるように両腕を開いた。私は自分から一歩彼女に近づいた。ナテワナは倒れ込むように私を強く抱きしめた。

彼女の声と吐息が耳元で響いた。「我々は血のつながりを持たない姉妹になるのだ。この意味がわかるか」

「はい」

「キスしておくれ、銘《メイ》。頬に、額に、唇に。姉妹としての愛が、いつまでも我々をつなぎとめるように」

私たちは、百年も二百年も捜し続けた相手とようやく巡り合えたみたいに、お互いを強く抱きしめ、キスを交わした。

この日の眩しさを一生忘れないと私は誓った。この大空から、澄みわたる青さや太陽の眩しさが、永遠に失われたとしても。

リンカーとしての引き継ぎを終え、無事に退職し、遠洋へ出る準備を済ませた私は、手首から腕輪を外して自分の机に置いた。

バッテリーを過剰に消耗させないように、特殊な電源装置につないでおく。これで、私が洋上から通信衛星を経由して都市のネットワークに送る文書を、レオーは二十四時間態勢で受信してくれるはずだった。

その文書は、レオーを通して自宅の記憶装置に蓄積されるだけでなく、私が契約している外部のデータ保存庫にバックアップされる。もし私が洋上で死んだら、レオーが代わりに一冊の記録書にまとめる手順を作っておいた。完成した文書は、リンカーが組織として保存。都市のデータ保存課にも送られ、公式に保護される予定だ。

もし、都市がなんらかの理由でデータを破棄したとしても、大事をとってあちこちに分散させるこのデータは、たぶん誰かが引き継いでくれるはずだ。

私はレオーに呼びかけた。「じゃあ、行ってくるね。あとはよろしく」

「了解。安心して行ってこい」

「あなたに体《ボディ》がないことを、私は生まれて初めて悔しいと思う。こんなときには、しっかりと抱きしめてから行きたかった」

「気にするな。私にとっては言葉がすべてだ。君の言葉そのものが、私という存在を抱きしめるのだ。それは人間同士の抱擁と同じだよ」

「レオー。あなたは人間以上に友だちで、家族以上に家族だった。陸上民が、ずっとアシスタント知性体を使ってきた気持ちが本当によくわかる」

「ありがとう。パートナーの行動を最後まで支えるのが、アシスタント知性体の仕事だ。なんの心配もせずに、力いっぱい生きてくれ。遠く離れていても、私はいつまでも君を支える。最後の瞬間まで」

「私も最後の瞬間まであなたを忘れない。いつもあなたが味方になってくれると信じている。行ってくるね、レオー。運がよければ、また会いましょう」

膨大な数の海上民が、ナテワナの船団と同じ道を選んだ。いや、選ばざるを得なかった。もともと、海上都市の数には限りがあり、収容できる人数にも上限があるとわかっていた。すべての海上民を〈大異変〉から救うのは不可能だ。

命の選別。

災害時にはよく起きることだ。

人類は常にこのような非情な選択を続け、生き残った者が次の時代を築いてきた。最善ではないが、この方法しか見つけられなかったとも言える。

選択にあたって時間的な余裕があった時代、私たちは悩めるだけ悩み、迷いに迷った。何を選ぶのが自分にとって、あるいは家族にとって最良なのか。個人で決めた者もいるし、家族で話し合って決めた者もいる。

世界中の救援団体が、遠洋へ立ち去る船団の選択を尊重した。世界の資源は限られている。全人類を救えはしない。誇りを抱きつつ死んでくれる船団は、ある意味、とてもありがたいのだ。社会は彼女たちに対して、もはや、そのような措置しかとれず、社会から逸脱してくれる集団は、特定の政府にとっては、むしろありがたいことだろう。

吐き気がする。とうてい容認できる考え方ではない。だが、〈大異変〉が訪れたとき、ヒトの社会は、もっと残酷な選択を平気で行うに違いない。それが人間の本質だ。ただ、いまは何も責めたくなかった。

マルガリータ海域から立ち去る船団は、皆、堂々としていた。見送るほうこそ、後ろめたかったはずだ。

ナテワナ。私の愛しい人。「ナテワナ」とは、この海域の言語で、海鳥や昆虫など空を飛ぶ生きものを意味する言葉だという。彼女たちはどんなものからも自由だった。それは都市に移住した海上民が忘れた自由さだ。

彼女の一族の記録を永遠に残したい。政府が記録する味気ない情報ではなく、そこに確かに、大勢の人間が生きていたのだという証拠を。

あと何十年か経てば確実に〈大異変〉が起き、人々は、外の世界を目にする機会には恵まれなくなるだろう。海没式都市の中で残りの人生を過ごし、いつか静かに寿命を迎える。自分の知識を次代に引き継ぎながら、この世から順番に退場していく。

私が海の彼方から送る文書は、レオーが他の記録との突き合わせを行い、修正が必要な箇所があれば指摘してくれるはずだ。私が外洋から戻れなかったとしても、彼は、きっと素晴らしい記録書に仕上げてくれる。彼にはその能力がある。

残された記録をどう解釈し、どう生かすのか。それは、これからの時代を生きる者の課題だ。

世界は、万華鏡《カレイドスコープ》をのぞくように、見る者の立場次第で、そのときどきによって姿を変える。ひとつの行動に、ひとつの思考に、ひとつの選択に、多数の解釈が可能であることを私たちは知っている。

だが、私たち人間は、決して、世界という名の万華鏡を外部からのぞく立場にはなれない。人は常に内側にいることしかできず、何かを嗤ったつもりでも、必ず誰かから嗤われているのだ。

私たちは万華鏡内部の三枚の鏡のあいだで、ころころと転げ回る「具」そのものであり、自分たちを取り囲む鏡に作り出された鏡像を見あげ、世界はなんと辻褄が合わぬほど複雑で残酷なのだろうと溜め息をつき、もがき続けるだけだ。次の瞬間には、また、万華鏡の回転に合わせて宙に放り出され、別の鏡にぶつかって新しい模様のひとつとなる。

だから私は、この悲惨極まりない世界の中で、せめて、自分が愛しいと感じるものをまっすぐに見つめていたい。その温もりが私の中に生み出す言葉を、世界に向けて静かに放ちたい。

私たちのキスは鏡の中で反射し、万華鏡が作り出す模様を刻々と変化させていくだろう。繰り返し、繰り返し。

世の中を変えるとは、究極的には、ただそれだけのことだ。

# 後記

オーシャンクロニクル・シリーズの長篇パート二作目にあたる『深紅の碑文』（二〇一三年／早川書房）を上梓してから八年が経過した。八年という歳月は、シリーズものの刊行間隔としてはとても長い。そのため、この短篇集で初めてオーシャンクロニクル・シリーズに触れる方や、いくつかの先行作品を未読のまま、本書を手にとった方もおられることと思う。

そこで、このシリーズをめぐる現状や、本書に収録された作品について、後記を書いておくことにした。ある事情から、二〇一一年以降、著作には「あとがき」の類いを極力つけないようにしているのだが（どうしてもと編集部から頼まれたときには、新刊案内などに差し替えてもらっていた）このシリーズに限ってはご容赦頂きたい。

なお、本書の巻末には、シリーズ作品の一覧と用語集を置いた。これは文庫版『深紅の碑文』上・下（ハヤカワ文庫）からつけているもので、リアルタイムで（単行本で）追いかけて下さっている方にとっては、文庫版を買い足していない限り、手元にはないはずの資料である。本書の付録とすることで、単行本派の方にもお届けできるので、収録することにした。なお、今回の収録にあたって、少しだけ項目を付け足した。

シリーズ最初の短篇を収録した『魚舟・獣舟』（光文社文庫）は、おかげさまでいまでもよく読まれているが、『魚舟・獣舟』を出した出版社と、長篇パートである『華竜の宮』（早川書房／現在ハヤカワ文庫、上・下）を出した出版社は異なる。このため、『魚舟・獣舟』を読んでも、そのあと『華竜の宮』へ辿り着けない読者がいることを、過去のある時点において知った。また、『華竜の宮』のあとに『深紅の碑文』があることを知らない読者も、数多くおられるようだ。そのため現在では、『魚舟・獣舟』電子版の巻末に、長篇パートを紹介するための著者コメントを追記してある。

オーシャンクロニクルは、シリーズ化を前提に始めた作品群ではない（二〇〇六年に光文社文庫の『異形コレクション　進化論』で「魚舟・獣舟」を発表したとき、その目処はまったく立っていなかった。当時は、この短篇しか世に出せないのではと思っていた）ので、書籍のカバー画を見ただけでは、どこがシリーズの始まりで、何番目の物語なのか、わかりづらい体裁になっている。『華竜の宮』と『深紅の碑文』のみ小さな文字でナンバーがふってあるが、出版された順番の関係で『リリエンタールの末裔』にはナンバリングがない。背表紙にもナンバーはないので、書店で棚差しになっていると、シリーズ作品だということ自体がわからない。

出版事情が絡む話とはいえ、シリーズ作品の順番が初見でわかりづらいのは不便極まりないので、今後は新作を出すたびに、さまざまな方法によって情報を補完していくつもりである。

さて、本書には、シリーズの長篇パート（『華竜の宮』と『深紅の碑文』）には挿入できなかった四つのエピソードを収録した。物語の構造上、長篇には組み込めなかったエピソード群である。すべて書き下ろしで、未発表の作品。海上民とその社会に焦点をあてて執筆した作品群で、海上民からの視点で魚舟や海洋世界を描くパートは本書で最後となる。

将来、もし、陸上民からの視点で海洋世界が書かれることがあれば、本書はその一冊と、双子のような関係を持つ位置づけとなるだろう。

以下は、本書に収録されている四作品へのコメントである。

「迷舟」は、オーシャンクロニクル・シリーズの世界を、絵にすることを前提として書いた物語だ。これぐらい短くてシンプルで、長篇パートとも関係がない物語であれば、漫画や絵物語にできる気がしたのだ。「絵にする」というのは、出版社からそういった企画を持ちかけられたわけではなく、あくまでも、自主的に私が個人で企画しただけである。だが、他の仕事が忙しすぎて果たせず、結局、いつものように小説の形で発表することになった。

絵になることを前提として、依頼されて執筆した作品としては「プテロス」（『夢みる葦笛』光文社に収録）がある。こちらも作画者との縁に恵まれず、絵になる機会を逸してしまったが、のちに短篇集『夢みる葦笛』に収録する際、カバー画を担当して下さった山本ゆり繪さんが、本文ページに一枚挿画を足して下さった。私の著作でこのような体裁をとった本はこの一冊だけで（この挿画は、文庫版にも収録されている）これは生涯の宝物である。

「獣たちの海」は、今回の短篇集では最も古い時期に着想された作品だ。二〇一一年に開催されたSFセミナーの夜の部で「こういう作品を書きたい」と発言してから、発表まで、なんと十年も経ってしまった。絶え間なく原稿を執筆していても、発表のタイミングが合わないと、こうなってしまう。

　ストーリーは最初に構想したときからまったく変わっていない。「ルーシィ、月、星、太陽」（二〇一七年）と同系列の手法で書いた作品で、この二作の発表順序が逆になってしまったのは想定外だった。本当は、挿画を描いてくれる方を指定したうえで、こちらのほうを先に発表したかったのだ。

　映像作品や漫画なら絵で見せてしまえば済むことが、小説では、しばしば、人称や言語の使用範囲の問題にしばられる。海上民と血の契約を結ぶ前の魚舟は、通常、固有名詞を持たないので、その存在を作中でどう呼び、他の個体と違うものとして表現するにはどうするべきか、少しだけ悩んだ末に、結局、あまり拘《こだわ》らずにこの形で書いた。

「老人と人魚」は、『深紅の碑文』刊行直後（二〇一三年末）に、すぐに書き始めた。この長篇を執筆していたときから、既に、構想も結末も決まっていたからだ。しかし、作品の構造上、長篇に挿入するわけにはいかないエピソードだったので、独立させて書いた。当初のタイトルは「老人と銃」であった。もっと孤独な話だったのだ。しかし、のちに続いた非SF系の仕事（一連の歴史小説群）を経由したのち、少し内容を変えたほうがいいような気がして、構想の一部を変更した。最終的には、枠からはみ出した者同士の話となった。結局、このほうが最初に目指していた結末にすんなりと着地できたので、長いあいだ寝かせていたことも無駄ではなかったのだろう。主人公の名前をわざと伏せてあるが、先行作品をお読みの方には、すぐに誰だかわかるはずだ。勿論、これが誰なのかわからないまま読んで頂いても、なんの問題もない。個人のエピソードではあるものの、これは、海上民のアイデンティティをめぐる物語でもあるからだ。

「カレイドスコープ・キッス」は、先行するふたつの長篇では挿入できなかった「女性主人公とアシスタント知性体が相棒となるエピソード」を入れた作品だ。ずっとこの関係性を書きたいと思っていたのだが、どういう形で見せるのが一番いいのか、なかなか考えがまとまらなかった。ところが、あるとき『深紅の碑文』を再読したら、マルガリータ・コリエを中心とする物語の一部に、この物語を展開させるためにちょうどよい「空白」があることに気づき、これを利用すれば書けるはずだと確信した。その瞬間、物語の全体像も降ってきたのだ。まるで最初から用意されていたかの如き「空白」に、とても不思議な思いを抱いた。このシリーズでは、今後も、しばしば、このようなことが起きるのではないかと予想している。

作品を書くとき、「これは異性の組み合わせにしたほうがいいな」とか「女性同士の話にしたほうがいいな」と直感的に閃く瞬間があるのだが、本作は後者だった。魚舟絡みの避妊・不妊の話は『深紅の碑文』でも一度扱っているが、もう少し書き足しておきたかったので本作でもとりあげた。

二〇二一年には、長らく休止していた『異形コレクション』の刊行が復活したので、また、そちらでも作品を載せて頂けるようになった。そして、歴史小説を連続して刊行する機会があったおかげで、デビュー前から書きたかった室町時代を題材とした『播磨国妖綺譚』（文藝春秋）も刊行できた。時代小説であり、ファンタジー小説であり、医療小説でもある。もう少し続けたい。

今回収録しなかった「ルーシィ、月、星、太陽」を含むルーシィ篇は、別にまとめる予定である。コロナ禍の影響で設定を修正する必要に迫られて中断している「銀翼とプレアシスタント」も、改稿のうえ、あらためて発表することを考えている。

オーシャンクロニクル・シリーズとは別の、単発長篇ＳＦについても構想があり、なんとかして、これも表に出したい。

いまでも読者が作品を待ってくれていることは、とてもしあわせだ。
長い長い、夢を見ているような気がする。

二〇二一年七月末日　著者

資料（一）　オーシャンクロニクル・シリーズ　作品リスト

※末尾の数字は作品の初出年。書籍の刊行年とは必ずしも一致しません。

「魚舟・獣舟」（光文社文庫『魚舟・獣舟』表題作）二〇〇六年
『華竜の宮』上・下（早川書房Jコレクション／現在、ハヤカワ文庫）二〇一〇年
「リリエンタールの末裔」（ハヤカワ文庫『リリエンタールの末裔』表題作）二〇一一年
『深紅の碑文』上・下（早川書房Jコレクション／現在、ハヤカワ文庫）二〇一三年
「ルーシィ、月、星、太陽」（早川書房「SFマガジン」二〇一七年四月号）
「銀翼とプレアシスタント（抄）」（早川書房「SFマガジン」二〇一九年四月号）
『獣たちの海』※本書（ハヤカワ文庫）二〇二二年
収録作：「迷舟」「獣たちの海」「老人と人魚」「カレイドスコープ・キッス」

以下、続刊予定あり。

# 資料（二）用語集

※詳細は、各先行作品をご参照下さい。

【リ・クリティシャス】　太平洋ホットプルームの上昇による海洋底の隆起によって、陸地の多くが沈んだ最初の大規模海面上昇のこと。白亜紀とほぼ同じ規模に海洋が拡大したことから、この名で呼ばれている。二十一世紀初頭と比較すると、約二百六十メートルの海面上昇が起きた。これによって人類は、地球全域で生き残りをかけた武力闘争に突入し、その後、海上民と陸上民に分かれて独自の文化を形成するようになった。異常な生物の繁殖もこの混乱期に原因がある。

【IERA】　国際環境研究連合。各連合や政府の思惑や利害から離れ、純粋に、科学観測と研究および対策を立案するために作られた機関。地球内部の観測結果から、アジア海域直下で再度ホットプルームの上昇が起き、人類が滅亡する可能性があることを指摘。以後、各政府と連絡を取り合いながら、対策に尽力している。環境シミュレータ〈シャドウランズ〉を管理している。

【〈大異変〉】　アジア海域直下でホットプルームの上昇が起きると、連鎖的に引き起こされる様々な現象によって、人類は滅亡するだろうと予測されている。この大規模環境変動を、『深紅の碑文』以降〈大異変〉と称している。回避手段は皆無で、人類が新環境に適応するしか生き残りの手段はないが、それも百パーセントの生存を保証するものではない。

【プルームの冬】　〈大異変〉によって引き起こされる、全地球規模の寒冷化現象。目下のところ人類にとっては最大の脅威。特に海上民は、これが来ると絶滅するしかない。

【ルーシィ】　〈大異変〉から海上民を救うための手段として、深海環境に適応できる別生物に変える手段が検討されている。ヒトの姿を捨て、完全に海洋生物に変異した人類を、IERAは未来への希望を託してルーシィ（「光」という意味）と名づけた。

【アシスタント知性体】　人間の業務を補助するAI。無線で人間の脳と接続されており、仕事を手伝うだけでなく、人間の精神状態の制御も可能（このAIによって強い制御をか

ける と、人間の人格や性格を変えることもできる)。機械なので人間的な感情はまったく持っていないが、人間に対するサポートを最優先するようにプログラミングされているので、本物の人間に似た反応を返すのが特徴。

【魚舟】　海上民が使う居住用の大型海洋生物。人間が持っている遺伝子配列の中から、ヒトでは発現しない要素を強制的に表出させてつくられた人工生物。背中に空洞(居住殻)を持っているので、海上民はそこに住み、魚舟の背中に甲板を作って日常生活を送っている。海上民は、超高周波を含む特殊な音声で、魚舟とコミュニケートできる。

【獣舟】　魚舟が野生化したもの。海上民との交流を忘れ、凶暴な海洋生物と化している。その変異の原因は、陸上民による生物制御技術の失敗と、リ・クリティシャス以降の海洋環境の激変やアカシデウニが影響している。異常な速度での変異を繰り返し、陸地へあがると環境に適応した姿に変化する。

【病潮《やみしお》】　ムツメクラゲが媒介する致死性の伝染病。事前にワクチンを打っておく以外に対抗策はない。ワクチン生産は陸上民が管理しており、接種が陸上政府への納税とセットになっているので、この政策は海上民にとても評判が悪い。

【アカシデウニ】　海上民にとっては、ムツメクラゲ以上に恐ろしい海洋生物。特定海域に集中して棲息。刺された場合の治療法は皆無。激しい身体変形が引き起こされ、やがて死亡する。獣舟対策として作られた人工生物の機能が暴走し、人間に害を為している可能性がある。

【日本群島】　かつての日本列島が、海面上昇と気象変動によって分断され、群島化したもの。現在の日本文化の延長線上にありつつも、住民の構成は同一ではない。

【汎ア】　汎アジア連合の略称。大規模海面上昇による武力闘争の中で生まれた国家連合。多数の国々が連合しており、内部では様々な思惑が衝突している。政府首脳陣の構成は、特定民族のみではない。

【ネジェス】　統合アメリカやオセアニアの一部などが結び合った強力な国家連合。日本群島は、汎アではなく、こちらに所属している。

【外洋公館】　海洋上の外交業務に特化した在外公館の一種。通常の在外公館よりも地位が低く、トラブルシューター的な性質が強い。職員の肩書きは各政府の外交部の呼称に準じるが、陸上の職員よりも政治的な意味での発言力は弱い。

【シガテラ】　海上強盗団。貧しい海上民のなれの果て。政治的な思想は持たない。

【ラブカ】　〈大異変〉告知以降に生じた社会的な混乱は、もともと大きな格差があった海上社会と陸上社会の貧富の差をさらに拡大した。資源の窮乏と陸側からの圧政に耐えかねた海上民の一部が、ついに本格的に武装して立ちあがり、陸側の各政府に反逆。彼らは海上強盗団とは違う存在として区別され、〈ラブカ〉と呼ばれた。統率的集団の一部には複雑な出自を持つ知的なメンバーがおり、徐々に、世界戦争の駆け引きに利用されていくことになる。（※詳細は『深紅の碑文』を参照のこと）

【ダックウィード】　海上商人。陸と海との物流管理を一手に引き受けている。基本的には陸上民。完全な自給自足が難しい海上民にとって、生活を支えるために、なくてはならない存在である。

【海上都市】　陸上民が海洋進出に使うための都市で、これまでは、海上民のために海上都市が造られたことはなかった。『深紅の碑文』の時代から、初めて、海上民専用の都市建設が始まる。

【ハングググライダークラブ（飛行クラブ）】　汎アに所属する海上都市〈ノトゥン・フル〉にあるハンググライダー愛好会。裕福層の趣味の会に見えるが、実は、別の目的のために作られた集団。『深紅の碑文』で重要な役割を果たすこととなる。（※関連事項の初出は『リリエンタールの末裔』）

本書は、書き下ろし作品です。

# 華竜の宮（上・下）

上田早夕里

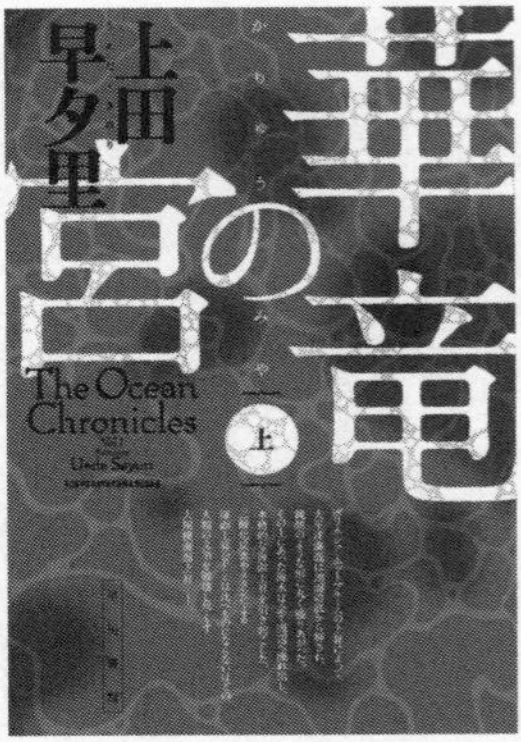


海底隆起で多くの陸地が水没した25世紀。陸上民はわずかな土地と海上都市で高度な情報社会を維持し、海上民は〈魚舟〉と呼ばれる生物船を駆り生活していた。青澄誠司は日本の外交官としてさまざまな組織と共存するために交渉を重ねてきたが、この星が近い将来再度もたらす過酷な試練は、彼の理念とあらゆる生命の運命を根底から脅かす――。第32回日本SF大賞受賞作。　解説／渡邊利道

# 沈黙のフライバイ

## 野尻抱介

アンドロメダ方面を発信源とする謎の有意信号が発見された。分析の結果、ＪＡＸＡの野嶋と弥生はそれが恒星間測位システムの信号であり、異星人の探査機が地球に向かっていることを確信する……静かなるファーストコンタクトの壮大なビジョンを描く表題作、女子大生の思いつきが大気圏外への道を拓く「大風呂敷と蜘蛛の糸」他全五篇。宇宙開発の現状と真正面から斬り結ぶ野尻宇宙ＳＦの精髄。

ハヤカワ文庫

# 日本ＳＦ傑作選１　筒井康隆

マグロマル／トラブル

日下三蔵・編

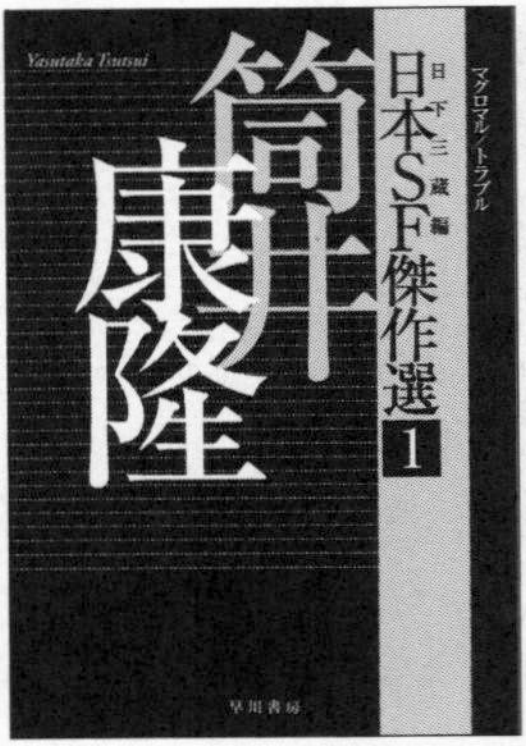


一九五七年の現代日本ＳＦ誕生から六十周年を記念して、第一世代作家六人の傑作選を日下三蔵の編集により刊行。第一弾は、いまや現代日本文学の巨匠となった筒井康隆。「お紺昇天」「東海道戦争」「マグロマル」「ベトナム観光公社」「バブリング創世記」など、一九六〇～七〇年代発表の初期傑作二十五篇を精選

ハヤカワ文庫

# 百億の昼と千億の夜

光瀬 龍

プラトン、悉達多、ナザレのイエス、そして阿修羅王は、世界が創世から滅亡へと向かう、万物の流転と悠久の時の流れの中でいかなる役割を果たしたのか？——永劫に近い昔から寄せてはかえしかえしては寄せる波のごとき壮大な時空間を舞台に、この宇宙を統べる「神」を追い求めた日本ＳＦの金字塔。解説／押井守

ハヤカワ文庫

著者略歴　兵庫県生，作家　著書『リリエンタールの末裔』『華竜の宮』『深紅の碑文』（以上早川書房刊）『火星ダーク・バラード』『ゼウスの檻』『魚舟・獣舟』『夢みる葦笛』『破滅の王』『ヘーゼルの密書』『播磨国妖綺譚』他多数

HM=Hayakawa Mystery
SF=Science Fiction
JA=Japanese Author
NV=Novel
NF=Nonfiction
FT=Fantasy

# 獣《けもの》たちの海《うみ》

〈JA1514〉


二〇二二年二月 二十 日　印刷
二〇二二年二月二十五日　発行
（定価はカバーに表示してあります）

著者　上《うえ》田《だ》早《さ》夕《ゆ》里《り》
発行者　早川　浩
印刷者　竹内定美
発行所　株式会社　早川書房
郵便番号　一〇一 - 〇〇四六
東京都千代田区神田多町二ノ二
電話　〇三 - 三二五二 - 三一一一
振替　〇〇一六〇 - 三 - 四七七九九
https://www.hayakawa-online.co.jp

乱丁・落丁本は小社制作部宛お送り下さい。送料小社負担にてお取りかえいたします。

印刷・信毎書籍印刷株式会社　製本・株式会社川島製本所



ISBN978-4-15-031514-6 C0193




本書は活字が大きく読みやすい〈トールサイズ〉です。